ユニコ舎

映画少年 マルガリータ

志田一穂

目次

プロローグ

千葉というよりは茨城だった。

できれば「転校生」や「時をかける少女」のような、尾道を舞台に海や坂道や淡い恋を抱くほかない女学校などがある町だったら、きっと多感な少年時代はさらにセンチメンタルに彩られていたに違いない。

だがしかし、僕の住む町はとにかくすべてが中途半端だ。

千葉県我孫子市。僕は小学二年生の夏に東京の町田市からここへ引っ越してきた。両親が新築マンションを購入したのだ。都心まで約一時間。その近いのか遠いのか、極めて微妙な距離感もイマイチ気にいらない。

千葉県の外れのこの町は、上野発の常磐線で父の都心通勤エリア、ギリギリの場所であり、その父は、「まぁ千葉県でもここはほとんど東京だよ」と尚も微妙なことを言うのだ。だって少し北上すればすぐに茨城県だぞ。日本一長い川と称される利根川で分断されているからって、つまりは目と鼻の先はイバラキなわけだ。しかも日本一汚いと酷評されたことで有名になってしまった手賀沼というドロ沼があるのもこの町の特徴だ。しかもそこには昔から河童が生息していると言い伝えられ、河童音頭なんてのもあって夏のお祭りでは皆してそれを喜んで踊りまくったりするのだ。

そんなふうに、なんだかちょっと田舎の香りもぷんぷんしているし、その後、僕が進学することになった根戸中学校も男子は基本丸刈り、女子もオカッパという、驚愕の時代錯誤な学校だったので、そんなところを「ほとんど東京だよ」と言われても、圧倒的にイヤになるのである。

前に住んでいた町田というところも似たような街ではあったけれど、一応住所は東京都。きっと僕は町田というか、東京という響きに未練があったのかもしれない。そして、田舎だったら徹底的に田舎へ行った方が割り切れたのかもしれない。だから大林宣彦監督の映画の尾道や、「北の国から」の純や蛍の富良野とか、そういう世界をテレビで見ていると、とても憧れてしまうわけだ。


そんなわけで我孫子市には当然デパートや映画館などのレジャー施設は皆無だった。あるのは今にも閉鎖されそうな、夏の手賀沼花火大会のときだけ元気さを見せる、オンボロ駅前商店街だけだ。

一方、隣町の柏市はやや大きい町でデパートも駅前に林立し、どうして一駅違うだけでこんなにも町の落差があるのか、悔しくて悔しくて仕方がなかった。外食でレストランなんていう店に行くのも柏、洋服や誕生日プレゼントを買いに行くのも柏、映画を観に行くのも柏、そして、じいちゃんが入院したのも柏の病院だ。

まぁ、悔しいながらも、子供の頃はそんな大きな町に出かけるのはもちろんかなり楽しくはあった。中でも、かろうじて一軒あったロードショー館に映画を観に行くのが、僕としては一番の娯楽イベントであり、近隣にて体験できる唯一のレジャーであった。そうはいっても、柏だって田舎は田舎だ。その田舎臭さから完全に脱出するには、映画館の暗闇に紛れて一時間半ほど夢の別世界に逃げ込むしかなかったのだ。

小学生の頃は父に連れられ、そこで「宇宙戦艦ヤマト」とか「スター・ウォーズ」とか「キタキツネ物語」とか「親子ねずみの不思議な旅」などを観て、子供ながらに映画の魅力にどんどん吸い込まれていった。別に父が根っからの映画好きだったわけではない。何度も言うが、柏のレジャーといえば映画しかなかった、それだけである。

だから中学生になっても、ほかに面白いことがないので映画ばかり観ていた。すると自然にその映画好きが本格的になってしまい、中学一年生のある日に、いよいよ常磐線の終点である上野まで映画鑑賞遠征をする計画を打ち立てた。ロードショー館一軒だけの柏だけでは僕の観たい映画はフォローし切れず、その映画熱はまったく満たされなくなっていたのである。

柏と上野の途中には松戸という駅があり、その町にも映画館はあったが、いわゆる二番館というやつで、ロードショー落ち二本立てプログラムばかりだった。「一本分の料金で二本観られるから松戸でいいだろう」なんて父は言うのだが、既に毎月「スクリーン」誌と「ロードショー」誌をお小遣いで一気買いし、たとえ柏でもロードショー公開の初日鑑賞を狙うほど真の映画ファンになっていた僕は、強がって「二番館なんか邪道だよ」と偉ぶっていたのだ。

そうして、はじめての上野遠征は、「ぴあ」誌の映画公開欄をトラの巻きにし、かなり緻密な計画を立て、万全な態勢を敷いた。

まず十時半からの上野東急「蛇鶴八拳《じゃかくはっけん》」でジャッキー・チェンを堪能。公開初日なので、館名印刷入りのパンフレットを手に入れるミッションもある。ここでは東映洋画系の粋な計らいで真田広之主演「龍の忍者」がカップリングされていた。とはいえ「れっきとしたロードショー二本立てだからな」と自らに言い聞かせ、カンフー映画にどっぷり漬かる。

そして一時四十分には上野パークに移動し、二時半からのテリー・ギリアム監督「バンデットQ」上映開始スタンバイ。昼食は持っていったおにぎりをロビーでかっ込むべし。

終了は四時半。最後にアメ横のプレイガイドに立ち寄り、次回鑑賞作品の前売り券吟味も忘れずに（第一候補はダスティン・ホフマンの「トッツィー」かなぁ）。

そして帰路約一時間で、夕食にはきちんと帰宅できるという算段である。


この計画は基本的にはうまくいった。

しかし慣れないハシゴを、いきなりはじめての単独遠征で敢行したため、緊張に緊張が重なってラスト「バンデットQ」の途中ぐらいからなんだか具合が悪くなってきて、内容も飲み込めずなんとか完走できたというのが正直なところだった。

そしてヘロヘロになって帰宅してから発熱して寝込み、親からこっぴどく叱られたのは言うまでもない。（「元ビートルズかなんかのジョージ・ナニガシが作った世にも稀《まれ》なる変な映画。そのせいで体調はどんどんおかしくなっていった」などと当時の映画日記には書いてある。つまりは体調不良を映画のクオリティーのせいにまでしているのだ。まったく何様なのだろうか）

だが、そのあとも僕の映画熱は高まる一方だった。

遠征区域も少しずつ広げていき、中学二年生になると銀座、有楽町の映画館はあらかた制覇していた。

今はなき有楽座の大スクリーンで観た「スター・ウォーズ　ジェダイの復讐」や「007　オクトパシー」、スカラ座で観た「アウトサイダー」、日比谷映画で観た「ランボー」に、東劇で観た「戦場のメリークリスマス」。小遣いが足りなくてそれでもやっぱりたくさん映画が観たいので、結局松戸の二番館にも何度も通って二本立て上映もたくさん観た。

どれもこれも丸刈り中学生の僕にとっては夢を与えてくれる一大エンターテイメントであり、こんな作品を作る映画屋さんたちという人たちは本当に凄いと思っていた。

と同時に、どうしたらこの世界に入ることができるのだろうかと、僕はいつしか真剣に考え始めていた。そして、オープニングの字幕の最後に出てくるデレクテッド・バイ……というクレジットに憧れたのだ。

つまり、ディレクター、監督のクレジットだ。最後に出てくる人が一番偉くて凄くて、この映画の最高責任者なのだ。


僕はあのデレクテッド・バイのあとに、自分の名前を重ね合わせ始めていた。

そうだ。僕は映画監督になるぞ。

どうやってなるのか全然わからないけど、とにかく決めたんだ。

そうすればずっとずっと映画と一緒にいられるじゃないか。

よし、デレクテッド・バイ・志田一穂だ。

うん、かっこいいぞ！

中学二年生。一九八三年の春だった。

第一章

僕は学校の陸上部でひたすら走っていた。短距離走だ。

もともと美術部で絵を描いていたのだが、ちょっといろいろ考えるところがあって中学二年生の二学期から部活の掛け持ちを始めたのだ。

美術部顧問の斉藤先生は僕の絵の才能を伸ばしたかったらしく、「なんで急に走りだす?」と疑問を抱かれた。

「あんなに体育系の部を非難していたってのに、いったい何がどうしたんだ?」

「えぇ、すみません。でも、ちょっと走らないと、と思いまして。すみません」

斉藤先生は怒りはしないが不思議で仕方がないといった様子だ。まぁそうだろうなと思う。

僕は入学時、体育系の運動部に入部していく連中を、徹底的に批判し続けていたのだから。そもそもなんで皆中学にあがると運動部に入って、朝から放課後まで、さらには土曜の午後や日曜日までせっせと登校して、校庭やら体育館で先輩たちにへつらいながら、かけ声ばんばんあげつつカラダを動かしまくっているのか。それがよくわからなかった。

「オレ、バレー部」

「オレはバスケ」

「野球、サッカー、テニス、どれにすっかなぁ」

え、ちょっと待ってよ。キミら前からそんなにスポーツ好きだったっけ？

「部活」っていう、中学生になったからそうすることがステイタス、的なイベント・プログラムに、何かしら乗っかっておかないとサマにならないからとか、そんなふうにとりあえず入っとこうかねどこかに、みたいな、そんなノリだけなんじゃないの？　と、ひねくれものの僕は、実はずっとそういう考えが頭の中にうずまいていた。だから結局そういう反抗心が勝って、学内のチョイスの中で一番自分としては納得のいく、絵を描くこと、すなわち美術部を選んだというわけだ。

そう、僕にはこういう面倒くさいこだわりがあった。

幼稚園の頃からお絵描き教室に通い、小学生になってからはちょっと名のある先生、といっても僕の町の中だけだけど、とにかくそういう人について、デッサンから抽象画まで、自由なカタチで絵を楽しむことを学んできた。要するに、僕には「やりたいこと」がはっきりあったわけだ。だからバレーだ、バスケだ、サッカーだと、なだれ込むように各部へ集団で収まっていく周りを見ていて、あーあって思っていたのだ。

もちろん、一番大好きなのは映画だ。でも映画部なんてないし、新しく部を作ろうなんて、そんな面倒なことをしてまで、大事な映画愛をこんなガチガチな規則にまみれた学校でひけらかしたくはないじゃないか。だから、ここでは僕は絵を描いて自分を貫くことにしたわけだ。

だがしかし、まぁここまではカッコよく語りまくってしまったけれど、結局どうして陸上部に入り直したんだよって話。

実は僕はもともと太りやすい体質で、一年生のあいだ、意地になってずっと美術室に閉じこもり、絵ばかりモクモクと描いていたら、なんだかちょっとムクムクと太ってきてしまって、中二になってからアラアラこれはちょっとマズイなぁ、と思い始めてしまったのだ。

自ら選んだ美術部だし、我が道を行くんじゃなかったのかよと批判されそうだったが、ちょっとこれには理由というか、個人的事情も発生し始めたりしていたので、とにかく、「ムムム、運動やるぞ、運動」となっていったわけなのだ。これについてはもうちょっとあとで説明する。

しかし陸上部に入ってカラダをほぐし、校庭のトラックを走り始めたら、これがまたちょっと気持ち良くて、「おや、結構運動ってのも良いものなのね」と感じたりした。

太り気味の僕を陸上部にやんわり誘い込んでくれたのは同じクラスのミツルだった。ミツルはスポーツマンで優等生で学内でも人気者。僕とはまったく正反対だが、なぜかわからないが仲が良かった。

「志田は美術部なのか、とことんこだわってんな」と、僕に一目置いてくれていたようだが、「太るの気にしてるなら、こっちきて一緒に走ればいい。掛け持ちでいいじゃないか」と、優しい言葉までかけてきてくれて、あぁこれが優等生たるゆえんよ、だから校内の人気者は違うなぁと激しく感動した。

そんなミツルの計らいで両部掛け持ちになったが、休日の陸上部だけは基本的にはサボっていた。市の大会とか県大会とか記録会とか、そういうものには一切参加しなかった。美術部も休日に活動することなどなかったわけで、だからこそ、そこに籍を置いていたといっても過言ではない。

なぜなら、休日には映画を観にいかなくてはならないからだ。それを阻止されるぐらいだったら「陸上部はおろか、美術部だってゴメンだぜ」といった勢いだった。だから、陸上部の顧問のイカつい体育教師、段田玉代、通称ンタマ先生から叱られてもなんとも思わなかった。ちなみに「ンタマ」とは誤植ではない。最初は「ダンタマ」と略して呼んでいたのだが、いつしか縮んでいって、皆で「ンタマンタマ」と呼ぶようになっただけだ。声に出すと、「ゥンタマ」という感じ。

そんな陸上部に、もう一人同じクラスのヤツがいた。僕と同様、休日はおろか、たまに平日すらサボって帰宅してよくンタマに怒られていたバーチンだ。

バーチンとは二年生になったときからクラスが一緒になった。あまり話したことはなかったが、陸上部を通じて少しずつ親密になっていった。いつも訝《いぶか》しげにしているオオヘイな態度の僕とは対照的に、バーチンは小柄で神経質そうだったが、愛嬌だけは人一倍あるヤツだった。そして僕とバーチンには、意外な共通点があった。そのことを知ったのは、陸上部に入ってしばらくたってからのことだった。校庭のトラックを軽いジョギングで走りながら、バーチンが話しかけてきたのだ。

「はぁはぁ、シダくんさぁ」

「はぁはぁ、えっ?」

「ビリーに聞いたんだけどさ。はぁはぁ、シダくんは映画好きなんだって?」

「え? はぁはぁ」

突然の声がけ、しかも映画が好きかという問いに、僕の足はちょっとびっくりしてジョギングからウォーキングに変わってしまった。

バーチンも息を整えながら、一緒に歩き始めた。

「どんな映画が好きなの？　SF？　アクション？」

「え、あー、なんだろう……基本は、なんでも観るんだけど、ね？」

「そうかぁ。映画好きってさ、基本なんでも観るよね。同じだね。でも僕はね、最近は昔の映画が好きでさ」

正直この中学校にきて映画の話をしたのはこれがはじめてだった。しかも、ほとんど話したことのないヤツとだ。何気に嬉しさが込み上げてきて、にわかに興奮しているのを感じた。

「バーチンも映画観るのか？」

「うん、好きだよ。僕もなんでも観るんだけどさ、テレビでジェームズ・ディーンの映画を観てから、昔の名画ってのもなかなか面白いなって。あなどれないなって。片っ端からチェックしてるんだ」

「へぇ、凄いなバーチン。オレなんかまだまだそういうのは勉強中って感じで、『ローマの休日』とか『サウンド・オブ・ミュージック』とかテレビで観たけど、あれいったいどれぐらい昔の映画なんだろうって、ハテナマークだけ浮かべて終わっちゃってるんだ」

僕らはいつの間にかジョギングも忘れて、歩きながら映画談義に興じていた。

「あぁシダくん、そういえば今度さぁ、市民会館で『理由なき反抗』やるんだよ。行かない？」

「市民会館って我孫子のか？」

「そう」

「手賀沼のほとりにあるあの汚い会館か？」

「そう」

「『理由なき反抗』も確かジェームズ・ディーンじゃないか？」

「そう」

「それを一緒に観に行こうって？」

「そうそう」

「行く行く行くよ。でもなんで？」

いつしか周りは夕焼けの光で真っ赤に染み渡っていた。校舎からは放送部がいつもの下校の音楽を流している。美術室の窓には斉藤先生がまだキャンバスに向かっている姿が見えていた。あの先生は、キャンバスに向かい始めたら一切の声が届かないくらい集中する。

下校時のこの曲のタイトルはなんていうんだろう。いつも誰かに聞こうと思ってまだ聞かずじまいだったから、バーチンに聞いてみようかなと思ったが、今日突然友達になった彼にいきなりそんなことを聞くのは変なので、なんとなくやめておいた。

そして僕は、今日部活をさぼらないで良かったなとも思った。そのことは多分、バーチンも同じ気持ちだったと思う。


バーチンは僕にも勝る映画ファンだった。しかも自宅でいち早くビデオデッキを購入していたので、深夜映画などを録画し、往年の名作まできっちり押さえている本格派だった。僕はすぐにバーチンの家に遊びに行き、彼がテレビで録った昔の名作映画のビデオをたくさん観せてもらった。彼はまめにCMカットをしていて、そのライブラリーは僕を感動させるに充分なシロモノだった。

「自分の家で好きなときにこんなに何度も映画が観られるなんて天国じゃないか、バーチン」

「うんうん」

「『ジョーイ』ってこのあいだテレビでやってたやつか。荻昌弘さんだよね、月曜ロードショー。『アルカトラズからの脱出』、これ何度もテレビでやるから観ちゃうよな。『大陸横断超特急』、これの吹替おかしかったなぁ。バーチン、ことごとくチェックしてるね」

「うんうん」

「あ、『猿の惑星』。深夜にやってたやつ、これも録ったのか？　タイマーでか？」

「うんうん」

「凄いなぁ。でもこれなんで一本に三つも入ってんの？」

「え？」

「こんなに映画入るの？　ビデオって」

「うん、三倍モードだから画質は悪いんだけど……」

ふーん……。いまいちビデオのことがわからない僕は、とにかくこの小さな黒いカセットの中に大作映画が三作も入っていることが興味深すぎて、意味もなくそわそわした。

「このあいだ、柏に行ったらさ、レンタルビデオ屋ってのができてて、そこにはもっとたくさんの映画のビデオがずらーっと並んでたよ」

「レンタルビデオ？」

「そう」

「それって映画のビデオ？」

「そう」

「貸してくれんの？」

「そうそう」

「図書館みたいに？」

「そうなんだよ！」

なんだか我が映画人生がどんどん熱く輝いていくのを感じていた。ビデオは凄いな。これは帰ったらすぐに父にねだらなくてはならない。時代はビデオだ。我が家にもビデオを、だ！

「でもさ、やっぱり映画館だよね。映画を観るには」

「え？」

我孫子市民のための定期映画上映会「理由なき反抗」同時上映「ビートルズ日本公演」と印刷された、安っぽいガリ版刷りチラシを見せてくれながら、「ジェームズ・ディーンかっこいいよね。でも、この人もう死んでるんだよね」と、バーチンはボソっと呟いた。

「古い映画ってのはさ、いつまでも残るんだ。未来にも、ずっとね。暗闇の中で復活するんだ。それが映画館の魔法だよね」

バーチンが曇った表情で寂しそうに言うのを見ながら、僕は「またビートルズ……この同時上映ってのは必要なのか」と思っていた。

僕らは数日後、学校が終わって部活をさぼり、自転車に乗って手賀沼のほとりにひっそり建っている我孫子市民会館へ向かった。そして夜六時からの「ビートルズ日本公演」は断固無視して、六時半頃に場内へと入っていった。

「このビートルズってのはどうするよ、バーチン?」

「これ、記録フィルムだよね。映画じゃないから、いいんじゃない?」

「だよな」

事前にこんなやりとりをしていた。バーチンの言う通り、スクリーンにはとてつもなく汚いボロボロのフィルムで、古くさいバンドが古くさい歌をただただ歌っていた。

どうして八〇年代MTV世代の僕らが、ビートルズのライブ記録映像なんか観なくてはいけないのだ。二人の意見は一致していた。まぁジミーも古いは古いんだが、こちらはとにかく栄光の名作映画だ。丸刈り映画少年たちにとって今はジミーあるのみ。ビートルズ・ファンたちのワーワーキャーキャーが早く終わらないかと、既に一曲たりともガマンできないという、落ち着きのないイライラ感を僕たちは露わにしていた。

「長いねぇビートルズ。これさ、日本の武道館ではじめてやったライブなんだって」

隣に座るバーチンが小声で僕に囁《ささや》いた。

「え、じゃあ武道館の初ライブは海外連中だったってこと?」

「そー」

「ほかになかったのかね、渋谷公会堂とか、中野サンプラザとか」

「ねー」

「日本のバンドとか立場ないね」

「んー、前座でドリフが出たみたいだけどね」

「え、ドリフ?」

僕は思わず大きな声を出してしまった。するとうしろの方から、「うるせえぞ」とドスの利いた声で怒られたので、「すみません」と振り返って謝ると、そこにいたのは同じクラスのジョーだったので、またまたウエッと大きな声で驚いてしまった。

「ビートルズ日本公演」の上映が終わり、少しだけ休憩時間になったとき、ジョーが僕らの席へと近づいてきた。

「そうか、お前らの目当てはジェームズ・ディーンか」

「あぁジョー、さっきはうるさくしてゴメンよ。君もきていたんだね、『理由なき反抗』」

「いや、オレはビートルズ。観たから、もう帰る」

「えっ」

そう言うとジョーはさっさとホールをあとにしていった。

「あらぁ、ビートルズだけ観て帰っちゃった」

「あいつ、ビートルズのファンなのか……」

「意外だよね、いつも傍若無人《ぼうじゃくぶじん》なジョーがビートルズなんて。シダくん、仲いいの？ジョーと」

「いや、まぁ、どうなんだ。ごく普通だよ」

このジョーとの突発的遭遇は、のちのち重要な局面で意外な発火点に至ることになるが、今の僕らにはまったく当然、知る由《よし》もない。

そして七時になり、待望の「理由なき反抗」が上映開始となった。

僕ははじめて大スクリーンで、いわゆる昔の映画、往年の名作というやつを鑑賞したのである。興奮した。シンプルな物語だったが何よりもジミーの存在感が物凄かった。チキンレース、天文台での不良たちとの喧嘩、そしてジミーとナタリー・ウッド、サル・ミネオによる絶妙なアンサンブル。不良グループに歯向かい、思春期の葛藤を露呈しながら戦うジミーに、僕ら丸刈り中学生二人はすっかり打ちのめされてしまった。

帰り道、僕とバーチンは気持ちだけはジミーになりきり、自転車を押しながら映画談義に花を咲かせた。

「どうして昔の映画ってのはあんなに色が独特なのかな」

「色褪《あ》せちゃってるよな。でも、だからあの赤いジャケットがカッコイイんだよな」

「シダくん、ジミーの映画ってほかに何か観た？」

「観てないよ。テレビでもやらないし」

「僕は『エデンの東』を観たから、あと一本だ。『ジャイアンツ』、観たいなぁ」

「レンタルビデオってのにないのかなぁ。今度行ってみようぜ」

「行こう！　ほかにも観たいのがたくさんあるから、今度シダくんも一緒に借りにいって観ようよ」

「もちろんだ」

信じられないくらいに趣味の合うヤツだった。バーチンは昔の映画も好きだが、今の映画も当然大好きで、僕と同様休みになると映画館のハシゴを繰り広げているまったくの同族だった。だからバーチンも僕と一緒によくンタマに怒られていたというわけだ。嬉しいことこの上ない。調子に乗って僕はバーチンに思わず自分の夢を語ってしまった。

「オレさぁ、いつか映画撮ってみたいんだよね」

「えーシダくんが？」

「そう」

「映画を作るの？」

「そう」

「自分が監督するの？」

「そうそう」

バーチンにとっては目から鱗のような発言だったようで、映画は好きだが作ろうなどとはついぞ思わなかった、と感心するまなざしの集中砲火だった。「凄い、凄いよ、それは」とバーチンはジミーの映画もどこへやらで、一人興奮し始めた。

「どうやって作る？　シナリオは誰が書く？　コメディー？　アクション？　凄いなぁ」

「いや、別に今作るってことじゃなくて、いずれ作りたいって意味。監督になりたいなぁって、それだけなんだよ」

「そうか。でも作れよな。僕なんでも協力するぞ。映画作りだったらなんでもやっちゃうぞ」

ここまで盛り上がるとは思わなかった。というより、呆れられて終わりと思っていたから、なんだかとても嬉しかった。

そしてバーチンが協力してくれるなら、もしかしたら映画作りが本当にできるかもしれない、僕は本当に映画監督になるのかもしれないぞ、と理由もなく思った。

間もなくして、我が家にビデオデッキがやってきた。

しかも驚くべきことに、ビデオカメラも、である。学校から帰ると電気屋の木村さん、通称キムニィがいたので一瞬まさかと思ったが、それは本当の出来事だった。

「なんで？　カメラまで」

僕は興奮してじたばたしていた。

「お父さんからの注文さ。珍しくネダったんだって？　これ新製品よ。ベータ・マックス」

ガーンときた。一瞬頭がクラっとした。だってあのベータ・マックスが目の前に現れたのだから。ソニーが新発売した超薄型ビデオデッキ。そしてポータブルデッキとのセパレート式ビデオカメラ……。それらが突如として我が家に降臨したのだ。しかしネダってみるものだ。僕はバーチンの家でビデオに出会って以来、ＶＨＳの三倍モード録画とかベータのⅡとかⅢとかいろいろ知識を詰め込んで、あれがいいこれがいいだのと、父に猛烈な勢いで懇願していたのだ。そして、これからはビデオの時代だ、カメラもあれば永遠に我ら家族の記録も残せるゾ、とさらにまくし立てた。父は新しもの好きだったので、結構まんざらでもないといった顔をして聞いていた。かつてラジカセなるものが世に登場したときも、イの一番に買ってきて僕や妹のフタバの声を録音させ喜んでいた父である。ほぉ、ついにVTRの時代か……フタバのバレエの発表会も撮影できるなぁなどと、いい感じで呟いていたのを僕は聞き逃さなかった。父はフタバには大アマで滅法弱いのである。

そんなわけで思いのほか早いビデオカメラ機材一式の登場に僕はただただ狂喜乱舞した。父はまだ会社から帰ってきていなかったが、お父さんが帰ってきてからにしなさいと呆れる母に構わず、ビデオデッキを箱から取り出してすぐさまテレビに接続した。そして、キムニィからオマケにもらった生ビデオテープを挿入し、まさに今放送している「夕焼けロンちゃん」を試しに録画してみた。録画しているときは別に何も変わり映えしないのでどうってことはないのだが、三十秒ぐらいたって録画を停止し、巻き戻して再生すると、さっきのロングおじさんがまさにさっきのまんま、「では次のコーナーだよ」とか言っているではないか。

これには母も、「へぇー」となかなか感心しているようだった。

「奥さん、ね？　キレイでしょ。ソニーは凄いよ。VHSよりベータが残るよ、絶対」

普段から口八丁手八丁のキムニィが母にニコニコしながら言った。僕はただ、「うんうんベータだよね、ベータベータ」とバカみたいに喜んでいた。

実際ベータだろうがＶＨＳだろうがどっちでもいい。映画少年に春が来たことに間違いないのだ。まず父には感謝しかない。そして、もうひとつある。映画を作るのだ。条件が揃ったわけだからこれで映画が作れるということになるじゃないか。さすがにビデオカメラは触ったこともないので勉強が必要だけど、何がなんでもやってやるぞと僕は気合を入れまくった。

これから高校受験を控えている丸刈り中学生には、世にも危険なオモチャだった。

翌日、僕は登校して一番にニヤニヤしながらバーチンの席へと向かった。

「お、さては昨夜のヒッチコックにかなり満足したようだね」

バーチンは昨日の深夜映画の話をしてきた。当然バーチンは予約録画しているから、放映していた「サイコ」を、僕が遅くまで起きて観ていたと思っているのだ。

「バーチン、たまには僕の家で観ないか。今日あたりどう？」

バーチンは一瞬静止したが、すぐにその意味を理解し満面の笑顔になった。

「買ったのか？　ビデオ」

「そう！」

「録ったのか？　『サイコ』」

「そうそう！」

朝からアルフレッド・ヒッチコックの話で盛り上がっている二人を、ほかの友達らが変なやつらというふうに見ていた。

僕らはいつものようにンタマに見つからないよう、部活をさぼって速攻に帰宅した。ほどなくしてバーチンが我が家へやってきた。バーチンは息を切らしながらアーッとまず叫んだ。

「ベータだぁ。うわぁ、いいなぁ」

ＶＨＳ、その品質は劣悪なれど三倍モードは絶対にお得、という誘惑に負けた者の悲痛な叫びがそこにはあった。ベータ絶賛時代の忘れられない幸福な瞬間だった。

「やっぱりベータかなってね。二時間テープにすっきり映画一本。ライブラリーはそうでなくちゃ。だからベータにしましたぁ」

偉そうに僕は我が家のビデオデッキを褒めまくりながら、自ずと再生ボタンを押した。

「キレイだー！　全然キレイだー」

バーチンは映画「サイコ」が始まってからしばらくはその画質の良さに驚いてばかりいた。しかし物語が進むにつれ、ビデオデッキの話題は遥か彼方にいってしまい、すっかりその映画の迫力に圧倒されていた。

アルフレッド・ヒッチコック監督の名作「サイコ」。カラー時代にあえて雰囲気を出すためにモノクロ・フィルムで撮影されたこの映画。マザー・コンプレックスの主人公、ノーマン・ベイツ（アンソニー・パーキンス）が自ら経営するモーテルにて、母親からの指示により凄惨な殺人を繰り広げて行くという、文字通りのサイコ・スリラーだ。有名なラストのどんでん返しには言葉すら出ず、僕らは首を横にゆっくり振りながら大きな溜め息をつくのだった。

「凄いな、この映画。ちょっと巻き戻してみていい？　あのシャワーシーン」

「シダくんも気になった？　あのシャワーシーン、凄かったねぇ」

「うん、どうやって撮ったのかわからないカット、たっくさんあったよ」

僕らはテープを巻き戻して各シーンの検証に移っていった。

「サイコ」は、映画の教科書だった。

バーチンは我が家で夕飯を食べていくことになった。母とフタバも交えて食事をしていたとき、フタバが口火を切ってしまった。

「お兄ちゃん今日も撮影会やる？」

「しっ、だまれ」

「何を？　シダくん、撮影会ってなんだ」

バーチンには夕食後にビデオカメラを披露するつもりだった。ヒッチコックを観たあとだし、深い映画談義もしつつ、最終的に僕らの念願であった映画作りの話に突入したそのタイミングもいいな、といろいろ企《たくら》んでいたのだ。

「あぁ、でもバーチン、ヒッチコックって本当に天才だよね。もっと観たいよ、ほかの作品」

僕はすかさず話題をすり替えた。母にはそんなわざとらしいフリがバレているらしく、含み笑いをされてしまった。

「そうだシダくん、実はニュースがあってさ。今年ヒッチコックの映画がたくさんリバイバル公開されるらしいんだ」

「〝りばいばる〟って？」

「昔の映画の再上映だよ。映画館でやるんだ。『シティロード』に載ってた」

「ぴあ」派の僕にはまだ得られていない情報だった。

「た、たくさんってどれぐらいなのよ」

僕は興奮していた。ついさっき「サイコ」に打ちのめされたばかりだからなおさらだった。

「確かみゆき座で『裏窓』。スバル座で『めまい』。ニュー東宝シネマ1で『知りすぎていた男』だったかな」

「凄いじゃないか。全部有楽町でやるなんて本格的な上映だな」

「それに新宿でジョン・フォード特集もやるらしいよ。あとMGMのミュージカル映画もたくさんリバイバルされるって」

「リバイバルばんざい！」

やはり丸刈り二人が昔の映画の話で盛り上がっている姿を見て、我が母もだんだん神妙な顔つきになっていったのだった。

夕食のあと、バーチンを僕の部屋に招き、ついに最終兵器を披露するときがやってきた。さぁ、さらにここから映画談義に花を咲かせ、いよいよ「僕らの力で映画作りを実現させようじゃないか」と発した瞬間にジャーンとビデオカメラをお披露目するのだ。バーチン、発作起こすんじゃないだろうか。何しろ最新型ビデオカメラだからなコレ。ポータブルデッキもあるから編集だってできちゃうんだぞ。本格的この上ない設備が僕らのものなんだ。さて、いよいよ作戦開始、と思ったそのとき、父が帰宅した。

「ただいま、ウィー」

やばいと思った。なんだかわからないが妹に続いて妨害警報発令だと思った。しかし既に遅く、父は酒のにおいとともに僕の部屋へとなだれ込んできた。

「お、友達くんかぁ」

いい感じで酔っている。余計なことを言ってくれるなよ。

「おじゃましてます」

バーチンはほろ酔いオヤジにニヤニヤしながら挨拶した。

父は「いやいやいや」とか言いながら背広を脱ぎつつ、「フタバは寝たのかぁ?」などと大声を出している。もうわかったから退室してくれ。

「おぉ、ところで今日はアレやったかぁ。ビデオビデオ」

やめてくれって。

「毎日ちゃんとやって慣れないといけないからなぁ。あれでなかなか難しいんだからなぁ」

やめろというのに!

「おじさん、ビデオデッキだったらシダくん、慣れてますよ。僕の家で結構使ってたから」

「お、友達くんとこにもあるのか。もうどこにもあるんだなぁ。休みになるとそのうち皆で撮影大会だなぁ」

「撮影大会?」

「ほらほら、こっちで脱ぎなさい。ごめんなさいね、ほらこっち」

もうこれ以上歯止めが利かなくなったのを察してか、母が助けの手を差し伸べてくれた。でもバーチンは既に何かを感じとっているらしく、疑り深い目でゆっくりと僕に視線を移動させた。

「シダくんもしかして……」

「『サイコ』じゃないけどドンデン返しでびっくりさせようと思ってさぁ。ミセス・ベイツじゃなくてミスター・ベイツオヤジのせいで台なしだ」

「じゃあ、ホントに?」

「ジャーン」

僕はようやく、シーツを被せて部屋の隅に置いてあったビデオカメラを露わにした。バーチンは思った通り言葉もなく、ただ立ちあがって足をじたばたさせながらカメラを指差し、「ここここ……コレコレコレコレ」と盛大に発作を起こした。

「バーチン、映画を作るんだよ。こいつでさ」

「しししし……シダくん！」

この夜から、間もなく中学三年生、すなわち受験生のブンザイとなる僕らの、怒涛の映画作りの火ブタが切って落とされたのだ。

第二章

一九八四年。僕らは中学三年生になった。

中三の映画好きともなればハリウッド・スターに憧れてちょっとオシャレを、と格好つけたい年頃だというのに、よりによってまだまだひたすらに丸刈りであった。床屋へ行くたびにあの学校の意味不明な校則を恨み、早く髪を伸ばして美容院へ行きたいと思っていた。

そしてこの頃、いつの間にかクラスの連中皆の家にビデオデッキがある状況になっていた。というか、単にお手頃価格で買えるようになったということだろう。

そうなったことで休み時間のやりとりもビデオの話題が多くなった。果たしてビデオはベータなのかＶＨＳなのか、ということで軽い論争もたびたび勃発した。実際ベータもいいし、ＶＨＳも悪くはない。だってベータは世界のソニーで、画質音質優先のアーカイブ志向にはもってこいのソフトだし、ＶＨＳはとにかく三倍モード。なんと六時間も録れちゃうんだから、チャンネル争いをしていた身にとっては夢のようなビデオだ。

だから別にどっちがイイワルイじゃなくて、最後にはいつも、なんでわざわざ二種類なの？　という話になった。

ゴールデン・ウィークになって、僕とバーチンは待望のヒッチコック映画「裏窓」を観た。

ジェームス・スチュアート演じるプロ・カメラマンの主人公は片足を骨折して車椅子生活。裏窓から見える向かいのアパートの人々の生活を覗き見ては暇な時間を潰しているが、その中で奇妙な動きをしている男に注目する。夫婦で生活しているのに、ある日から妻の姿が消えた……。なぜ？　男はさらに不可解な行動を続ける。スチュアートは恋人のグレース・ケリーと共に、消えた妻の行方を探り始めるのだが……。

僕らは大満足で劇場を出た。ヒッチコックは凄い。あんな映画、今じゃどこにもないぞ。僕はただただまくし立てるようにバーチンに騒ぎ散らした。興奮冷めやらぬ僕とは正反対に、バーチンは視点もうつろでフラフラしていた。

「グレース・ケリー……なぜ、あんな年の差もあるオヤジと恋仲に……」

「は？」

「なんであんな美人モデルが事故に巻き込まれるようなドジなカメラマンとカップルなんだ……」

「へ？」

「そこんとこ、ちゃんと描かれてないじゃないか？　なれそめだよ。あの不釣り合いなカップルの」

「……そこかい」

バーチンと僕の映画の観方はたまにズレてはいたが、結局最終的には楽しかった映画本編を讃《たた》え合い、こき下ろし合い、その充実度をひたすらに共有した。

僕らは新作も一緒に観に行ったが、なぜかリバイバル映画の方が観たあとの映画談義が広がった。それぐらい、さすが名作として語り継がれている映画たちは奥が深かったのだ。そこにはエンターテイメントの基本が詰まっており、あらゆる世代を楽しませる娯楽性と、緻密に練られたシナリオの素晴らしさがあった。そんなわけで映画界はリバイバル・ブームとなっていったわけだが、なんでこんなに突然古い映画ばっかりやってくれるんだろう？という疑問もあった。

「多分、ビデオが流行ってきて映画館に人が来なくなっちゃうからじゃない？」と、バーチンは言った。

「だから当たりはずれのある新作よりも、リバイバルで名画に時間を空けて、今一度劇場で観ることを推進しているのかもね」とも、バーチンはするどく分析しながら言うのだった。

「でもさ、オレたちは劇場でもビデオでも、どっちでも映画を観られるから得だよな。新しいのも古いのも観ることができるから、このビデオとリバイバルの二つのブームって、めちゃくちゃオレたちのためみたいでイイよな。でないと映画の歴史もさ、しっかり勉強できないもんな」

僕がそういうと、バーチンは笑顔でうんうんと頷き、

「ハイ、新作もいいけど古くからの名画も良いですよ。ハイテクもいいけどアナログも良いですね。映画の歴史を熟知し知り得ていなければ、旬の新作などきちんと評せないですからねぇ」と、サイナラの淀川さんの真似をした。

「こないだ12チャンの『映画の部屋』で言ってたよ。シダくんも観たんだろ?」

「はい、だから皆さん、もっともっと、昔の映画、観ましょうねぇ。……うん、観た」

僕とバーチンは大笑いした。

確かにヒッチコック作品をはじめ往年の映画を観ると、なんだスピルバーグはこの映画

に影響されてあのシーンを撮ったんじゃないか、といった新鮮な発見があった。そのたびに僕らは興奮し、さらに映画博士になった気分で悦に入ったりしていたのだ。

その頃、僕らはとにかく映画を観まくっていた。ヒッチコックだけでなく、バーチンはジョン・フォードの「わが谷は緑なりき」を新宿で観て感動し、「ローマの休日」を銀座で観て、今度はヘプバーンに恋をした。そして、武田鉄矢の「ヨーロッパ特急」は「ローマの休日」の完全リメイクだと堂々と言うべきだ、なんでそう言わないんだ、けしからん、とプンプンしていたのが可笑《おか》しかった。

僕はMGMミュージカルの「雨に唄えば」を、やはりおっかない新宿歌舞伎町にある劇場にまで遠征して鑑賞した。愛嬌のある、しかしアクロバティックなジーン・ケリーに陶酔しつつ、この映画の時代設定になっている、サイレント映画の現場やトーキー映画の撮影現場、それぞれの珍場面も楽しんだ。

サイレント時代って、現場で雰囲気を出すために、俳優たちが演技をしているすぐそばで楽団が演奏していたんだ。いいなぁいいなぁ。本当に物凄く幸せな気分にしてくれる映画だなぁ。なんて思いながら観終わったあとになって、考えてみたらジャッキー・チェンの原点はジーン・ケリーなんじゃないかと分析し、一人でニヤつきながら、今夜はビデオでジャッキー観ようと思ったりした。そういう意味では僕の頭の中は新旧ごちゃまぜになって映画がぐるぐる回っていた。
チャップリン作品のリバイバルにも通いつめた。「モダン・タイムス」ではじめてチャップリンの声を聴いてびっくりした。サイレント映画だと思って観ていたら突然歌い出したからだ。それにしてもいい歌声してるなチャップリン、と思った。「ライムライト」では、美しい音楽にしんみりさせられながら鑑賞し、人目も気にせずその物語に感動し号泣した。こんなところでバスター・キートンと共演するなんて、泣かすなよな、もう、と。しかし帰り際には新しくできる有楽町マリオンの、日本劇場こけら落とし作品「ワンス・アポン・ア・タイム・イン・アメリカ」の前売り券をワクワクしながら購入し、さらば有楽座よ、日比谷映画もバイバイな、と劇場世代交代という大切な瞬間を、軽くあしらっちゃったりもした。バーチンもその前売り券を買ったらしく、「マリオンだな、時代は」なんて言いながらイヒヒと笑った。

そんな僕とバーチンだったが、それぞれ別々に観た映画を語り合う方が、なぜか二本いっぺんに観た錯覚に陥りやすく、それも楽しかった。でも連続上映されたヒッチコック特集だけは、必ず二人一緒に観にいった。「サイコ」から始まり、ヒッチコックだけは共有感が強かったのである。「裏窓」も「知りすぎていた男」も傑作だった。「めまい」のキム・

ノバックにもバーチンはまたまたノックアウトされてしまったようだった。バーチンは上映終了後、深い溜め息をつき、「あのブロンドがとてつもなくたまらない……」と丸刈り中学生らしからぬことを呟いた。

明るくなった場内の観客を見渡しても、僕らのような丸刈りは、いつもどこにもいなかった。そんなことも、少し自慢だった。


そしてある日、僕はかなり大掛かりでリアルな夢を見た。

未来からやってきたという男に連れられ、様々な時代の映画や音楽の歴史を探求していくという夢だ。

タイムマシーンに乗って、古くはサイレント映画時代までさかのぼり、映画に音が付いていったトーキー映画への変換期や、ミュージカル映画の隆盛期、さらには映像や映画音楽の用い方にいろいろな新しい手法や実験が繰り返されていった五〇年代から七〇年代、そして現代の八〇年代に戻るも、「2001年宇宙の旅」はおろか、もっと未来の映画事情まで目撃してくるという超大作な夢だった。

目覚めたとき、さすがにちょっと自分は映画に狂いすぎているのではないかと怖くなった。「雨に唄えば」の影響が強すぎたのかなとも思ったが、不思議と夢の中とはいえ、いろいろ勉強になった気もして、ちょっとだけ不思議な気分にもなった。

そして輪をかけて不思議だったのは、バーチンに報告しようとしたら、細かい記憶がほとんど飛んでしまっていたことだ。だけど確かに旅してきたんだ、タイムマシーンに乗って……。

結局、「監督たるもの面白い夢を見たあとはすぐにメモをしておくべし。何が映画の題材になるかわからないからね、頼みますよカントク」とバーチンには笑われてしまった。


六月になった日曜日。僕らは飯田橋の佳作座でやはりヒッチコックの二本立てを鑑賞したあと、映画館のロビーの売店で見つけたヒッチコック大図鑑なる「ヒッチコックを読む」という本を「うん、読む読む」と言って迷うことなく購入。丸刈り頭をガリガリ掻きつつ、中華屋に立ち寄り味噌ラーメンを食べながら、その本をむさぼり読んだ。

「それにしてもなんだなんだ？　五十本以上もあるぞ、ヒッチコックの映画」

「ようやくこれで六本目か。どれにも顔出ししてるのかな、ヒッチコック」

「今日のわかった？」

「一目で」

僕らは笑った。ヒッチコック映画には恐怖とサスペンスと冒険心、さらにユーモアが隠されているので、どれも面白く、すっかり虜《とりこ》だった。

バーチンは味噌ラーメンをすすりながら大図鑑をチェックし、あるページでその動きを止めた。興味深くそのページをずっと読んでいるようだった。いったい何に反応したのか。

「シダくん。百三十六ページ」

「え、うん」

言われたページを開くと作品紹介でタイトルに「ロープ」とあった。

『ロープ』だって。これもジェームス・スチュアート主演なんだ」

「シダくん、これの物語ってとこ、ちょっと読んでみて」

「う、うん」

バーチンの目が真剣だった。何かただならない気迫があった。いったい物語の何に反応したのだろうか。気になるので急いで読んでみた。

殺人願望のある二人の青年が完全犯罪を企て、それを成功させるために密室殺人を実行する、というのが物語の始まりだった。死体を入れたケースをテーブルにして親しい友人たちを招きパーティーを催すが、スチュアート扮する心理学者がその企てを見事に見抜き、二人の青年を裁く、というオチであった。

どうしてバーチンはこの物語に反応したのだろう。……ま、まさかバーチンには殺人願望があって、この二人の青年よろしくあろうことか一緒に完全犯罪を起こそうなんて言いだすんじゃないだろうな。目の付けどころもちょっと普通じゃないし、やや変わった趣《おもむき》のあるやつだから、意外にとんでもないことを考えていたりするのかもしれないぞ。僕は緊張した。ここを読めと言われた意味が、まだまったく理解できなかった。

「どう、読んだ?」

バーチンがうっすらと笑みを浮かべながら前のめりになって聞いてきた。そのいやに楽しげな表情が、ますます僕の緊張感を増大させた。

「う、うん。読んだけど」

「シダくん、これだったら僕らにもやれるかもしれないね」

「え……。やれるって、いったい何を」

「簡単だよ。僕らにも挑戦できるって」

「そ、そんな。本気で言ってるのか?」

僕は相当ビビっていた。完全犯罪に挑戦する気などサラサラないし第一突如としてワクワクしながら僕をじっと見つめているバーチンには恐怖すら感じた。そうだ、この目はアレだ、「サイコ」のノーマン・ベイツの目だ。

「本気に決まってるさ。君ならできるよ。僕がフォローするからさ。肝心なところは君がやるんだ。絶対に成功するよ」

「ぼ、僕がやるのか？　君は肝心のところを僕にやらせて、いざとなったらシラをきるつもりなのか？　ひ、ひどいな！」

僕は取り乱した。恐ろしいことを言うやつだ。自分の完全犯罪願望を実現させるために平気で他人を巻き込もうとしているんだ。

「だって監督はシダくんがやるって言ったじゃないか」

「監督？　何言ってんだ。完全犯罪のシナリオを作って監督しろだなんて、とんだ監督違いだ。第一、現場監督だったら僕が指示してバーチンに全部やってもらうぞ。僕はそそのかされて人殺しなんかしないからな！」

バーチンは箸を持ったまま少しのあいだ固まり、やがて苦笑した。

「可笑しくないぞっ。バーチン、ちょっと変なんじゃないか？」

「違う、違う、違う」と言ってバーチンは大きく首を横に振った。僕はといえばもう完全に冷静さを失っていた。

「違うよぉ、シダくん。僕が言ってるのはこのストーリーだ。よく読んでみてよ。殺人を起こしてからそのままパーティーを催して、最後にそれが暴かれるまでが一幕劇のようにひとつの舞台で作られてるんだ。これだったら僕らでもそう無理しないで映画として再現できるんじゃないかってことなんだよ」

映画？　僕はありえない勘違いに急速に顔を真っ赤にしながらようやくすべてを理解した。

文字通り、映画の観すぎ。ヒッチコックの影響下において考え方がいちいちスリリングになっているようだ。なんだ、そういうことか。そりゃそうだ。相当にびっくりした。

「まったくノーマン・ベイツみたいな顔になってたよ。しかしシダくんの想像力は凄いね。いいかい？　この『ロープ』って映画はそもそもそこに着眼点があるらしい。夕暮れ時にとある密室で殺人が実行され、死体はそのまま部屋にある蓋付きのテーブルの中に隠される。そしてそこから客に連絡して、今夜パーティーがあるからぜひきてほしい、という流れになる。彼らにとっては、誰にも気づかれることなくパーティーを終了させたとき、はじめて完全犯罪が成立する、というちょっと狂った野心があるわけなんだね。でも最後には客としてやってきた心理学者によって全部バレてしまう。多分この暴いていくところが見せ場なんだろうな」

「そうか、これ全部一日というか夕方から夜まで、半日くらいの話なんだ」

「うん。出演者も一切外に出ないからすべて部屋ひとつで撮れちゃうよ」

「しかも客の役を入れても出演者は全部で七、八人って感じか」

「クラスの仲間連中で、全部まかなえちゃうよ」

さっきまでの勘違いはどこへやら。僕は映画作りのアイディアがどんどん湧き出てきた。とある家の一室は我が家を開放すればいい。家族も協力してくれるさ。リビングルームをメインの舞台にして、蓋付きのテーブルはないからスライド扉の押し入れに死体を隠せばいい。設定が夕方から夜だから、土曜日の午後から夜にかけて、徹夜で撮れば撮影も一日で終わる。手始めに撮ってみる題材としては好条件すぎるぐらいだ。

「いいね。バーチン、やってみようか」

「やったぞ。僕らの映画作り第一弾だ！」

完全犯罪人に誤解されていたバーチンは喜んで味噌ラーメンの汁をすすり始めた。僕もすっかり映画監督になった気分で、大いなる第一歩を踏み始めた気分だった。本当に映画を作るんだ。「これは、これはスゴイことだぞ」と心の中が騒がしかった。

「リメイクだね」

バーチンがうっすらと汗をかきながら、ようやくどんぶりから口を離しつつそう言った。

「りめいくって？」

「リメイクってのはオリジナル作品を視点を変えて製作し直すことだよ」とバーチンは力説した。そしてヒッチコック作品を千葉の田舎の中学生がリメイクするということは、かなり強烈なことだと思うよ、とも言った。

そんなわけで僕らの映画作り第一作は「ロープ」に決まった。

翌日、バーチンはシナリオにする前のプロットだといって、徹夜で作ってきたという映画の企画書を持ってきてくれた。そこには配役やスタッフが一覧表になっており、ストーリーの概略やシーン割りなども盛り込まれ、バーチンが手書きで必死に作った意気込みが熱く伝わってくる、実に感動的なものだった。

配役やスタッフの表は当然まだほとんど空欄なのだが、監督の箇所には既に「志田一穂」と僕の名前が書かれているじゃないか。そしてその下には助監督という箇所があり、そこには「馬場雅彦」とも書かれているじゃないか。「バーチン、助監督でいいのか？」と聞くと、「進行していく中で納得がいったらプロデューサー名義にしようかな」ともっともらしいことを言った。

「プ、プロデューサー？　そっちもそっちでカッコイイな」

「カッコイイかどうかは関係ないの。映画はね、役割分担なんだよ。しっかり担当を決めておかないと、中身に影響が出ちゃうからね」

「そうなのか。た、例えば役割ってほかに何があるのかね……」

僕は素人みたいにおどおどしながら聞いた。というか、そもそも映画作りに関しては素人だものな。なんでバーチンはそんなにノウハウ豊かなんだろうか。

「そうだなぁ、基本的に全体の仕切りと段取りは制作部ってセクションの役割で、あとは監督や助監督がいる演出部、そして現場部隊の撮影部、照明部、録音部、衣装部、美術部って、あ、最後に音楽作業とか仕上げチームもいるし、もうあげていくとキリがないよね」

「そ、そんなにスタッフが必要なのか。どうしよう、誰に頼めばいいんだ？　録音？　衣装？　本格的すぎる！」

バーチンは急激にあたふたし始めた僕を見て大笑いした。

「いやいや、それはプロの世界の話だよぉ。僕らは掛け持ちでやれることを最低限分担しておけばいいんだ。監督のシダくんと助監督の僕が中枢部隊。あとは、しいて言えば撮影と照明、そして録音ぐらいかなぁ」

むむむ、しいて言えばってそれでもかなり本格的だぞ、と僕は思った。撮影なんて自分でやればいいぐらいに思っていたし、照明なんてライト一発誰かに持ってもらえればいいじゃんくらいに思っていたからだ。

「まぁ、そんなに心配しなくていいよ。監督自ら撮影したっていいんだし、ライトなんて僕が持っていても別にいいんだ。でもさ、こういうのはカタチから入った方が楽しいじゃない」

　思っていたことをサラリと言われて、僕は目を丸くし、しばらくそのまま固まってしまった。バーチンのそんな映画に対する楽しみ方が妙に羨ましくなった。こりゃホントに助監督どころじゃなくプロデューサーってやつの風格だぞ。このとき僕は、もう全体のことはバーチンに任せよう、自分はとにかく映画の中身についてだけ考えるようにしようと決めた。


　休み時間になってもバーチンと僕はキャストとスタッフの整理に精を出した。教室内を見渡すと、参考書を読みながら受験勉強している者もいたが、僕らはとにかく映画しか頭になかった。

「監督、スタッフ案も大切だけど何よりキャスティング案、よろしく頼みますよ。作品を生かすも殺すも映画の顔になる俳優が命だからね」

「おぉ……わ、わかってますって、フフン」

　僕は突然「監督」と呼ばれたことにかなり有頂天になったが、そんなふうに浮かれながらもキャスティングとか専門用語を用いるバーチンにまたまた感心してしまった。

昼休みになると弁当を食べながら教室の隅に座り、クラスの連中を見渡して、まずは主演となる犯罪青年二人組と、肝になる心理学者を誰にするかという、傍観スタイルによる極秘オーディションを行った。

まずもってこのクラスにジェームス・スチュアートなどいない。いるわけがない。いるのはマイケルとかリッキーとかサミュエルとかといったホイ三兄弟Ｍｒ．Ｂｏｏばかりだ。その中で唯一、こいつならと思うやつが一人いた。

「スチュアート扮するキャデル教授は、ミツルかな?」

「僕もそう思ってた。ミツルぐらいしか適役がいないね」

バーチンが即座に同意したのでほっとした。どうやら監督としてほぼ正しい判断だったようだ。長身スポーツマンで学級委員のナイスガイなミツルなら適役だろう。彼ならきっと楽しんでやってくれる。陸上部に引き込んでくれた礼もあるしな。

殺人を犯す主人公の二人は対照的な性格で、完全犯罪を企てる野心家ブランドンと、それにそそのかされる気弱なフィリップという、なかなか大いに頭を悩ませるキャラクターだった。僕は思いきって、ブランドンにジョー、フィリップにはシキちゃんを推薦してみた。

「それ凄い発想だなぁ。でもハマリそうだぞ」

バーチンはなかなかの褒め言葉をまた返してくれた。ジョーは別に名前が「譲」とか「丈」といったカッコイイ名前でもなんでもない。小学校時代は今よりずっと落ち着きがなく、暇さえあればイタズラばかりしている困ったヤツだった。よく爆竹を仕込んで何でも破壊してしまうので、当時から「クラッシャー・ジョー」というあだ名を授かり、以降皆からジョーと呼ばれている。中学にあがってからはさすがに少し落ち着いたようだが、とは言えいつも何か企んでそうな目が怖い。もちろん生粋の帰宅部で、先日の市民会館でビートルズだけ観て帰ったという、とにかくちょっと変わったヤツなのだ。殺人願望を抱く青年役としてはもってこいではないか。

シキちゃんもニックネームだ。シキちゃんは色白で、女の子みたいなつぶらな瞳をしており、女子部員が大半を占める吹奏楽部の部長も務めていて、その部内では人気ナンバーワンなのだ。

だけど文化祭になると、演奏会のステージの上で何かに取り憑かれたようにそのつぶらな瞳を白目にトリップさせ、指揮棒を一心不乱にブンブン振りまくるので、ファンの女子部員たちからは「我孫子のカラヤン」などと賞賛されていたが、僕らは「イタコのシキちゃん」などと呼んでいた。結局イタコはあんまりなので、「シキベェ」とか「シキやん」とか「シキちゃん」と呼ぶようになっていったのだ。そんなシキちゃんだが、確かに色気と繊細さを感じる何かがあったので、フィリップを演じさせたらハマるだろうなぁという直感があった。劇中そのフィリップがピアノを弾くシーンがある。当然音楽に長けていて、ピアノもそこそこ弾けるシキちゃんみたいなヤツでないとダメ、ということもあったのだが。

「クラス一のスポーツマンミツルに、吹奏楽部のモテモテシキちゃん。そしてちょっと変わった個性派クラッシャー・ジョー。洋画のイメージには程遠いけど、このバランスはなかなかいいアンサンブルだ」

バーチンがすっかりプロデューサー然とした言い方で断言してくれたので、まずはこの三人をイメージして脚本を書くことにした。出演交渉するときに脚本があった方がいい、とバーチンPが言うのだ。僕は一週間の猶予をもらい、早速脚本作りに取りかかるぞと意気込んだ。

「そういえば、フィリップがピアノを弾くのはいいけど、シダくんち、ピアノなんかあったっけ？」

「え？」

「だからピアノ弾けるシキちゃんをキャスティングしたんだろう？　ピアノ、あったっけ？」

「エ」

「え?」

「エ……エレクトーンが、あります……」

バーチンはちょっと固まったが「まぁいいか、鍵盤には変わりないもんね」と言った。

ところで全然関係ない話だが、毎週水曜日の夜、一応塾というやつに行っていた。

僕は数学が大の苦手だった。だからそれだけは「塾で徹底的に勉強しなさい」と母に言われ、何のためにと思いながらもイヤイヤ通っていた。

当然だが基本的に勉強が嫌いだ。因数分解だとか三平方の定理が僕の映画人生に必要だとは到底思えないし、様々な方程式も一体いつどんなときに役立つのだろう? と疑問で仕方なかったからだ。もはや、僕の基準はすべて映画だった。好きな美術も国語も英語も、なんとなくは映画にツナガルところが多少あるかと思っているからまだ勉強する気にもなるのだが、数学や物理はまずナイだろう、いやナイにチガイナイと確信していた。

それでも毎週欠かさず塾へ行っていたのには、ちゃんと理由がある。

そこに同じクラスの女子、高田明日香もきていたからだ。僕は高田にひそかに恋をしていた。クラス替えがあった二年生のときからだ。一目惚れだった。力強い目に、ちょっとぽっちゃりした頬が可愛かった。その可愛さの中に、何か大人びた魅力も感じていた。だから、美術室にこもってばかりでムクムクと太るわけにはいかなかったのである。太った男に恋する資格なし、と勝手に思い込んでいたからだ。

そうだ。歴代のヒーローが活躍する映画を観ろ。

「マッドマックス」のメル・ギブソンが太っているか。

「スター・ウォーズ」のルークは、ソロは太っているか。

「ランボー」のスタローンはどうだ。

「カンニングモンキー」のジャッキーはどうなんだ。

男ってやつはシュッとしていなくてはいけない。男ってやつはガッシリしていなくてはいけない。要するに、太っちゃっていてはイケナイのだ。これはつまり恋に落ちた者にしか悟れない、悲しき気づきというやつなのだ……。

そして、その日も僕は塾で高田の姿を確認し、いつものように緊張した。

同じクラスだからほんのちょっとぐらいは喋ったこともある。でも一歩学校から出ると、まったく別世界の彼女を見ているような気になる。彼女が私服で通っているからかもしれない。塾とはいえ、そのプライベートな姿は、恋する男にとってとてつもなく、動悸が激しくなるに充分な光景だった。

映画「ロープ」はマルガリータ・ボーイズだけで作るため、徹底的にむさくるしい映画になるだろう。だけど、高田のうしろ姿を眺めていると、いつかヒロインを仕立てた女の子主演の映画なんてのも撮ることになったりしたらどうしようかなぁ、などと妄想してしまう。

バーチンはフィービー・ケイツとダイアン・レイン派だったが、僕は圧倒的にソフィー・マルソー派だった。バーチンには恥ずかしくて言ってないが、密かに「ラ・ブーム2」を丸の内ピカデリー1へ観に行き、人目を気にせずスクリーンに映ったソフィーを、こっそりカメラで写真に撮ったりもした。それぐらい大ファンなのだ。

別に高田がソフィーに似ているわけではないが、どちらも基本的には好みのタイプなので、「ラ・ブーム2」のソフィーみたいな役を高田に演じてほしい、などとフシダラかつ壮大な計画も妄想した。そういうわけでとりあえず表面上の初恋の人はソフィー・マルソーだが、心の中の秘密の恋人は高田明日香なのである。どうでもいい話だが、そういうわけだ。

「イェーイ。どう？　映画ってホンットにいいもんですねぇ」

塾の開始時間間際に同じクラスのビリーがやってきた。こいつは小学校からの友達で、ボーイスカウトも一緒にやっていた腐れ縁みたいなヤツだ。僕の、人には言えない秘密とかもいろいろ知っている厄介な親友でもある。

こいつは驚異の武勇伝を持っていた。かつて自宅の自分の部屋でエロ本を読んでいたら、親に見つかりそうになって、咄嗟《とっさ》にそのエロページをビリビリに破ってそのまま丸めて食べちゃったのだ。それが語り継がれ、いつの間にか〝ビリビリエロ本のビリー〟と皆から呼ばれている（ちなみにそのエロ本は僕が貸してやった「アクションカメラ」誌だったりするのだが）。

とにかくホントに今はそんなアホとアホな話はどうでもいい。前方に座る高田の姿をもう少しゆっくりと見つめていたかった。

「バーチンから聞いたよぉん。俺、何の役？　拳銃で敵をドスドス撃ちまくる役がいいなぁん。ベッドシーンありでねぇん」

やがて教室に講師が入ってきて授業が始まった。ワケのわからない方程式の定義を右から左に聞き流しながら、僕はただじっと勉強する高田のうしろ姿を見つめていた。

そしてこのアホのビリーを、主人公二人が冒頭で殺す、ただ一人の悲惨な犠牲者の役にしてやろうと、なんとなく決めたのだった。

第三章

六月が終わる頃、脚本が完成した。

はなっから脚本の書き方を知らないわりには、我ながらわかりやすいものができたと満足していた。しかしバーチンから厳しい赤ペンがたくさん入り、改定版はさらにシンプルになって、もっとわかりやすい脚本となった。

「必要最低限のト書きでいいんだ。あとは台詞があればいい。現場で試行錯誤するのがイヤなら絵コンテを描いてみたらいいよ」

バーチンは例のヒッチコック大図鑑を僕に見せながらそう言った。

「絵コンテは描こうと思ってたんだ。カット割りを前もって決めておきたいし」

僕は「サイコ」の有名なシャワーシーンの細かい絵コンテが掲載されているページを見ながらもっともらしいことを言った。

「カメラマンが良太郎と銀太だからあんまり難しい構図は望めないと思うけどね」

今回、カメラマンとなる撮影隊二人は、クラスの中でも悪ガキ一派だった良太郎と銀太だった。親分肌の良太郎が声をかけてきたことは意外だった。映画を作る、という噂を誰かから聞いたのか、僕とバーチンのところへくるなり、なんだか横柄に話しかけてきたのだ。

「映画を作るなんて、お前ら、この時期にたいしたもんじゃねぇか」

「え、え……シ、シダくん……」

動揺するバーチンとは違って、僕はなぜか冷静だった。

「作りたいから作るんだよ。やりたいことがあれば時期も何も関係ないね。たいしたもんだろ」

僕はそう言い返してやったが、バーチンはさらに縮こまった。

「い、いや、シダくんそんな言い方……」

良太郎は一瞬目を丸くしたようだったがすぐにニヤリとニヒルな笑顔を浮かべた。

「そうか……じゃあ本当にやるなら、オレにも何か参加させろよ」

僕も目を丸くしてしまった。そしてすぐにこちらもニヤリとなった。僕は心の中で「そうこなくちゃ」と思った。

「いいけど、何ができる？　映画は役割分担だからな。やるからにはキャストでもスタッフでも、担当をしっかり決めさせてもらうよ」

僕がそう聞くと、「出演は恥ずかしいから何か技術的なスタッフがいいな」と良太郎は言う。

「じゃあカメラだ。撮影頼むよ」

僕は即座にそう言ってみた。

「撮影カメラマンか。カッコイイな」

今度はバーチンが目を丸くしたが、良太郎は笑顔になった。

正直言って良太郎とこんなふうに話をするのははじめてだった。だけど不思議と気持ちが通じ合ったような気がした。皆何かやらかしたい年頃なのだ。そしてそんなヤツは、こんなふうに自らその輪の中に飛び込んでくるものなのだ。つまり、良太郎も僕やバーチンと一緒だったというわけだろう。笑顔が、止まらなかった。

いつも良太郎にくっついている銀太は、自然の流れで撮影助手に任命され、「オレたち以外にゃカメラは触れさせねえぜ」と大袈裟にのたまい始めていた。僕とバーチンは、あとになって良太郎が普通高校ではなく、専門学校を志望していることを知るのだった。

メインキャストの三人、ミツル、シキちゃん、そしてジョーへ、いよいよ正式に出演のオファーをすることになった。そしてその反応は三者三様で、なんだかひどく可笑《おか》しかった。

まずミツルだが、当然の如く一番乗り気で盛り上がってくれた。

「読んだよ、脚本。凄いじゃないか、これ全部シダが考えたのか？」

「いやリメイクだから。ヒッチコックの。オレじゃないんだ」

「誰だ、それ。まぁいいや。しかしこれ主役じゃないかよ。いいのかオレで」

「いやメインは三人だから。ミツルが出てくるのは中盤からだし。トリプル主演だ」

「トリプルか。まぁいいや。上映はどこでやるんだ。市民会館か」

「いや、そりゃ無理だろ。自主映画だし。で、出演してくれるのか？」

「当たり前だろう、やらないわけないじゃないか」

この柔軟な対応こそが、校内人気ナンバーワンたるゆえんなのだなと思った。

シキちゃんは、そんなに極端ではないのだが、ちょっと面倒くさいと思わせる何かがあった。

「読んだよ、ありがとう。まず映画を作るということに対して敬意を払うよ。素晴らしいね。映画といえば『戦メリ』の坂本龍一だからね」

「いや、それは映画といえばじゃなくて、映画に出ているミュージシャンといえば、だろう」

「そう言いたかったんだけどね。だから僕にフィットしていると、まず最初に思ったのね。僕これからYMOのコピーバンドも結成する予定だから。あ、これはまだオフレコーディング情報ね」

「いや、別に誰にも言わないから。で、やってくれるかい、シキちゃんよ」

「んんー。最近、そのニックネームが定番化しているけれど、ちゃんと本名のハザマソウイチロウの方で呼んでほしいんだよね。あ、芸名も考えてるんだけど、サカモトソウイチってね。やっぱり教授的に僕もね、映画だったらね」

「やってくれるんだね。ありがとう、シキちゃん」

つまり面倒くさいと思ったのは、このアーティスト然とした振る舞いのせいだった。


ジョーとは、一番不思議なやりとりだった。

「ジョー、脚本どうだった？　やってくれるかな」

「お前ら、あのあとの『理由なき反抗』どうだった。良かったか？」

「あ、あぁ面白かったよ。脚本……」

『エデンの東』より『理由なき反抗』の方が面白いか？　『ジャイアンツ』も観たか？」

「あ、あぁ、『ジャイアンツ』は深夜映画で観たよ。良かったぜ。しかし詳しいなぁジョー。そんなに映画通だったのか？」

「ビートルズのライブフィルムでビートルズを判断してはダメだ。あのフィルム、というかあのライブは良くないテイクだ。ビートルズのレコードをちゃんと聴けばわかる。あのあとビートルズはライブをやめてしまうんだからな」

「そ、そうなのか。わかったよ。で、オレたちの映画だけどな……」

「これから皆を呼んで、死体の前でパーティーだ！」

突然、ジョーは脚本に書いてあったセリフを叫んだ。

驚いたことに自分の役のセリフをもう暗記していたのだ。それまで心ここにあらずといった様子で会話していたので、その行動に僕もバーチンもあっけにとられて返す言葉もなかった。ジョーはそれから何かを思い出したように歩き去っていった。「今のは出演ＯＫってことだよな？」とバーチンに聞くと、「あれがジョーという男かぁ」と苦笑した。


そのほかの脇役出演陣は周辺連中に声をかけてあっさり決まった。このあたりはもうオーディションだ、役割分担だとこだわるよりも、人員確保という意味合いも強かったので、なかなかスピーディーだった。

いつもボーッとしている転入生のキクカワと、そこそこイケメンなんだけどミリタリーオタクのエージ、いつでも子供みたいに大袈裟にはしゃいでいて、なんとなくクラスのいじられ者である山田健一、通称ヤマケンを劇中のパーティー出席者たちとしてキャスティングした。とはいえ、なんだかんだでクセのあるヤツらだから、バイプレイヤーとして活躍してくれるだろう。そして彼らには出番のないときに照明や録音のスタッフ兼務もお願いした。

こうしてようやくすべてのメンツが出揃った。僕とバーチンはクラスの中で考えに考え抜いたこの編成にかなり満足していた。できうる限りの強力な布陣であり、それがすべて男子ということにも、妙にカッコ良さを感じていた。

何しろ映画を作るという行為そのものがフツウではなかったため、ほかのクラスにも噂は広がり「撮影現場に遊びに行ってもいいか?」などとわざわざ休み時間に聞きにくるヤツらまで出てきた。

そして、生徒会長の鈴木アキラまでが休み時間にやってきたのには驚いた。アキラとは小学六年生のときに一緒のクラスだった。よくこいつはクラスのお楽しみ会で自分でシナリオを書いて寸劇などを演出していたから、この噂にかなり興味を持ったらしい。しかし、バーチンはクラス外の人間は一切立ち入り禁止と頑なにそれを断った。その理由を、バーチンは「秘密裏に進行する謎の制作集団として、逆に映画への期待度を高まらせる作戦」と説明した。で、「そんな水面下集団の存在を逆に切り口にしてキャッチコピーを作り、さらに興味を膨らませて集客を稼ぐ、というのが狙いだ」とバーチンは力説するのだった。

決して一人では観ないで下さい！（よほど怖いんだろうね）
劇場が戦場になる！　あと四日！（カウントダウンであおるのは大切だね）
あまりのショッキングな内容に全米十五州上映禁止！（根拠なくても数字は強いよね）
全世界震撼！　これがウワサのバイオＳＦＸ方式上映だ！（なんとでも言えるよね）

ショッキングでもウワサでもなんでもないし、だいたいバイオ上映ってなんなんだよってツッコミどころ満載だけど、上映興行の成功のためにも、何が行われているのか謎めいていてとにかく気になる、「だから観たい！」と思わせるのが基本なんだ、とバーチンは尚も本格的映画人のように言った（まぁウワサになってきたから、あと付けで考えた作戦だけどね、とバーチンは正直に舌をペロリと出すのだが）。
だがしかし、これぞプロデューサーと呼ばずして何と呼ぼうか。バーチンはすっかり我がチームの船頭だ。映画というのは監督だけいてもダメなのだなぁとつくづく思わされた。内助の功じゃないけれど、フォローしてくれる人がいてくれるからこそ、じっくりと演出プランを練られるというものだ。

あと、内心僕は、これ以上関係者が増えて、自宅にくる人数が物凄いことになったら大変だと思っていたので、アキラには悪いが、違う意味でかなりホッとしていたのだ。大仰なキャッチコピーはそのときになったら考えればいいやと思っていた。

そしてついに七月の週末土日を利用し撮影が行われることになった。

家族にはほかの部屋に移動してもらい、父などは「そういうことなら一晩会社で仕事するから帰らないことにしよう！」などと言って泊まりの準備までして出かけていった。きっと一晩中呑んで遊んでくるのはわかっていたが、息子の映画作りのために協力してくれることには違いないわけで、それについては単純に感謝した。

土曜日の午後からキャストやスタッフがワクワクしながら我が家へ集結した。この日、はじめて僕の家へあがる者も何人かいたので、本当の撮影セットへきたみたいだと意味不明に興奮したりしているやつもいた。

バーチンは慣れた我が家で縦横無尽に動き回り、撮影現場のセッティングをこなしていた。基本的には物語の進行に従った撮影、すなわち「順撮り」という作戦だった。殺人が行われる午後遅くから、パーティーをセッティングする夕方にかけては、窓の外からの陽の光も計算に入れながら段取り良く撮影していかなくてはならなかったため、出だしが重要と、僕もバーチンも肝に銘じていたのである。

準備が整い、いよいよ殺しを行う二人の青年ジョーとシキちゃんが、エロ本ビリーを容赦なく絞殺する残虐な場面からのクランクインとなった。

「では、行こうか監督」

セッティングが済み、バーチンは良太郎がファインダーを覗くカメラの前にきてシーン・ナンバーが書かれたカチンコを取り出した。皆がそれを見てオオーっとどよめいた。

「カチンコだ！　作ったのかそれ」

僕も驚き、ニヤニヤしているバーチンに声をかけた。

「やっぱりこれがないと撮影スタートになんないでしょ」

バーチンはサプライズが成功して嬉しそうだった。小さいメモ黒板を改造して作られたカチンコは「カツーン！」と思いのほかいい音がした。

完璧だ。僕の映画監督としての第一声が部屋に響いた。

「よーい、スタート！」

カツーンッ。

ファースト・シーン。クビを絞められ続けるビリー。一心不乱にその行為をやめないジョーとシキちゃんの姿。脚本にはただ一言「狂気！　理由なき狂気！」と書かれている。まだ足りない。これじゃ狂気が足りない。冒頭はもっと凄まじいインパクトを演出しなくては。

「カーット！　ダメだ！　もう一回！」

カツカツーンッ。

僕は容赦なくNGを出した。が、現場にいる皆は、カチンコの音と共に体がよじれるほどの迫力で大爆笑した。

まぁ、そりゃそうだ……。いつも一緒にクラスでバカやってる丸刈りたちが急に真剣な顔になって演技を始めるのだ。可笑しいことこの上ない。でも僕も僕で真剣だった。「静かに！」と大声を張り上げたあと、さらに演出を強化した。

「ジョーは狂気の末に、大声で笑ったりするぐらいやってくれ。シキちゃん、キミはもっとオロオロ感を出すんだ。落ち着かない雰囲気全開にするんだよ。ビリー、お前は全然抵抗してないじゃんか。首絞められてるのがむしろ気持ちいいって顔になってるぞ、バカ。もっと死に物狂いで抵抗して迫力出せよな。良太郎はそれら全体を、クールに動かさず撮影してくれ」

僕の言葉に皆が笑いを押さえながら、ふむふむと頷き始めた。どうもマジらしいぞ、という雰囲気を、いまさらながら察し始めたのだ。

「ラ、ライトはどうすればいいんだい、監督」

場の緊張感に耐えかねて、一応しっかりと指示をあおっておかなければ……と、ライトを持っているエージが聞いてきた。

「おぉ、ライトね。じゃあ思い切ってゆらゆら揺らしてさ、うしろの影がぐわんぐわんと動くようにしてくれよ」

「ひえー、了解」

バーチンはこれ以上ないニヤニヤ顔になりながら、カチンコに「テイク2」とプロみたいなことを書き、再びカメラ前に差し出した。

「よーし、改めて本番だ。よーいスタート!」

ジョーとシキちゃんは指示通り狂気の沙汰を演じ始めた。ジョーは時々白目などムキながら薄ら笑いをも浮かべ、本来のクラッシャー・ジョーぶりを完全にさらけ出していた。

「そうだそうだ、いいぞ! よし、ジョーの起用は正解だった」と僕は心の中で叫んだ。シキちゃんもナルシスティックな演技であたふたしながら、やはり指示通りの立ち振る舞いを見せてくれて、こちらもなかなか、なんとなくな坂本龍一的でとても良かった。唯一ダメなのはエロ本ビリーで、必要以上に「やめろ！」とか「助けてくれ！」とか「ナゼなんだ！」などと、言わなくてもいい勝手なセリフをアドリブで口走り、全体の世界観を台なしにしてくれた。

「カーット。ＯＫ、次のシーン行こう」

シーン1の撮影が終わり、皆はわーっと拍手をして喜んだ。

「良かった？　良かった？　イイ感じで殺されてたかい？　オレ」

白熱の演技を披露したと思い込んでいるビリーだったが、もともと役者じゃないんだからこれ以上の演出は難しいと断念しつつ、「仕方なくＯＫにしてやったのがわからないのか、お前には」と僕は心底呆れていた。でも、まぁいいや。どうせビリーの出番はこれでジ・エンドである。

皆かなり興奮してきていた。ライトを持っていたエージは次のシーンで出演となるので、すかさず洗面所へ飛んでいき、丸刈り頭にムダな手入れを始めたりしていた。皆それぞれ、少しずつこの映画作りに没頭し始めていた。

殺人行為が終わり、ビリーの屍を収納棚に隠してパーティーの準備を始め、少しずつ客人たちが訪れる。客人たちはキクカワやエージやヤマケンといった脇役陣のため、シーンにどうしても張りがなくなってくる。ビリーに輪をかけて演技のできないヤツらなので、バーチンと相談し大幅にパーティーシーンをカットして、すかさずもう一人の主役である、心理学者のキャデル教授、ミツルに入ってもらうことにした。

「監督、これかけていいかな」

ミツルは持参したレイバンのサングラスを取り出し、僕に見せた。小道具を用意するとは、丸刈りのくせになかなか気合の入ったやつだ。僕は了承し、ミツル登場シーンにすかさず取りかかった。

「ブランドン、フィリップ！　お招きありがとう。いい日だね。パーティーには持ってこいの晴れやかな日だ」

「教授、よくいらっしゃいました。でも、もう夜ですよ？　晴れやかだなんて」

「ははは……そうだね。だが、太陽は夜も輝く。君たちのような優等生が催す意外なパーティーだ。それはそれは、特別な意味合いがあると思ってね。晴れやか、とあえて言ったのさ」

「うぐ……そ、それはどうも……」

ミツルが演じたキャデル教授は中学三年生のくせになんとも素晴らしかった。なんだ、この嫌味のない圧倒的存在感は。さすが学級委員、セリフの言い回しも滑舌良く、スポーツマンでいて長身なため、妙に大人の雰囲気を醸し出してくれ、画面が一層引き締まったじゃないか。そう、唯一、丸刈りでなければ！

オールキャスト出演のシーンではバーチンや銀太が照明ライトを持って活躍した。バーチンは一人何役ものスタッフを兼ねながら、きちんとOKテイクとNGテイクのタイムコードをベータ・マックスのポータブルデッキから読み取り、丁寧に記録していてくれた。NGが出るたびに爆笑が起こるが、そのたびに僕が喝を入れて進行の緩みを抑え、気がつけば夜もふけて午前三時になろうとしていた。

いよいよミツルがジョーたちの殺人行為の秘密を暴き、クライマックスへと突入していくシーンの撮影である。ここはミツル演じるキャデル教授による長いセリフをワンカットでじっくり撮ろうと決めていた。リハーサルをするといよいよ緊迫していくシーンなのだなと皆も気合を入れ始めていた。特に良太郎は、キャデルが喋っているあいだに少しずつズームインしていくため、そのカメラ操作に一切の油断も許されず、無言で集中していた。さらにである。このシーンでシキちゃん演じるフィリップはエレクトーンを演奏しながら、次第に追い詰められていって演奏もしどろもどろになっていく、という難しい流れも絡んでいた。クライマックスに相応しい難関のシーンだけに、何度もリハーサルが行われ、いざ本番となっても、セリフのとちりがあったり、良太郎のズームインの失敗があったり、子供なので寝てしまっているヤマケンのイビキがうるさかったりと、このシーンにはかなりてこずってしまった。

「うまくいかないなぁ。シダ、これカットを変えていった方がうまくいくんじゃないのか？　全部一緒にやるのを一気に撮るには無理があるぜ」

良太郎が言った。「そうだそうだ」と皆も早く終わらせたいのか、不満の声を出し始めた。僕の頭の中では、映像と音楽の関係性についてが、ぐるぐると回転していた。そう、このシーンでは、映像と音楽をバラバラにできない理由があるのだ。

「そりゃカットを割った方が楽だ。でもな、シキちゃんがエレクトーンを弾いてる以上は、この音楽と映像を一緒にしておかなくてはならないんだ。それによって彼の感情の変化が音楽と一緒に表現されていく、それを伝えたいからだよ。だからここは一発長回しでキメないと、この映画としてはダメなんだ」

僕は一気に説明して皆の表情をうかがった。ほとんどが理解していない顔をしてポカンとしていたが、まぁ監督がそう言うなら仕方ないなぁという感じで、とにかく一気にやっちまおうぜという雰囲気になんとなく落ち着いた。

ほっとした僕は、少し心配顔になっていたバーチンに耳打ちした。

「本当はまだビデオの編集機材がないから、映像と音、それぞれをコントロールできないということが理由なんだけど、そんな機材や技術のせいにするのは言い訳じみてるからイヤだったんだ」

要するに言い方を変えてみたつもりだった、ということを告白すると、バーチンは深夜の充血した目をパチクリさせた。

「よし、行こうぜ監督」

良太郎はじめ皆の準備も再び整ったようだった。

「よーい、スタート！」

シキちゃんにはショパンの「別れの曲」を弾いてもらっていた。本来はピアノ曲だが、エレクトーンだとなんとなく教会のパイプオルガンで弾く不思議な雰囲気になったのでこれはイケると思っていた。バーチンはそのことを、「フィリップの心境を『別れの曲』で引用するなんて、とてもイイと思うよ」と褒めてくれたのだった。弾いているのはシキちゃんなのに、僕が褒められるのは変だなと思った。

そしてついに、この大変な長回し撮影が成功した。ミツルと良太郎はカメラが止まってカチンコが鳴るとガッツポーズをし、互いに近寄って握手して喜んだ。バーチンも僕に向って親指を立てて喜んだ。テイク数は15とカチンコに記されていたが、まさにこだわり抜いての、素晴らしいテイクとなって僕も嬉しかった。

山場は去った。僕らは隠されたエロ本ビリーがミツルによって露わにされるシーンを淡々と撮影し、ついにクランクアップを迎えた。

七月はじめのやや涼しげな朝が同時にやってきて、僕らは生協の缶サイダーで乾杯し、たった一晩の映画撮影会を、丸刈り中学生のくせに結構感動的に労ったりして、眠い目をこすりつつもその充実感と達成感を堪能した。楽しかったのだ。純粋に、とてもとても楽しかったのだ。映画作り、これはやめられないなぁ、と思った。


編集は僕とバーチンで一週間をかけて行った。

ビデオカメラのポータブルデッキと通常のビデオデッキをＶＨＦコードで繋ぎ、ポータブルデッキから映像を送り出して、再生と一時停止を繰り返す。そしてビデオデッキの方でその映像を受け、録画していくという、純粋なダビング作業で最初のシーンからひとつひとつ繋げていくのだ。

これがとにかく厄介な作業で、一カット入れ損ねに気づかず進んでしまうと、またそのやり直し地点から全部繋ぎ直さなくてはならない。バーチンが書いてくれていた詳細な記録ノートは大いに役立ったが、編集の流れを確認するたびに、僕が「あのカットをここで入れておけばより効果が増す」などと勝手なことを言うので、再びやり直し作業が発生するのである。

「撮影のとき、映像と音のことをシダくんが耳打ちしてくれた意味がようやくわかったよ」

「おぉ」

「確かにちゃんとした編集機材がないと、このエレクトーンを弾いてるシーン、一気に見せなけりゃ音楽も切れちゃうもんね」

「おぉ」

「シダくん、いったいどこでそんな映画の勉強したのよ。たいしたもんだね」

「お、おぉ」

正直、どこで何の勉強をしたのかまったく記憶がなかった。

ただ頭の中で、映画とはそういうものだという考えが既にインプットされていた、としか言えないのだ。よく天才的ギタリストははじめてギターを手にしたときからキュイキュイキュイーンと弾きまくってしまうというが、つまりはそういうことなんじゃないかなと思った。映画に関しては、というか映画のイロハみたいなものが、なんだか生まれつき擦りこまれているという感じなのだ。まぁ別にそれを天才的とまでは思ってないけども。

そんなわけで本格的な編集機材のない僕らの編集作業はとにかく困難を極めた。バーチンは根気良く付き合ってくれたが、僕の提案に反対の意見があるときは徹底的に反論してきて、作業もストップしたりした。例え原始的な方法でも編集は編集。二人とも、中身に関しては一切妥協することはなかった。

そんなこんなで毎晩学校終わりから編集を進め、深夜まで続いたりするものだから、翌日の学校は眠くて眠くて仕方がなかった。水曜日の塾でもうつらうつらとしながら映画のことしか考えていないため、「まだできないのかよぉ?」と急かしてくるビリーを「鬱陶しい」と殴りはするが、高田の姿はそれでも一応キチンとヤサシク見つめたりするのだった。

そしてついに撮影から三週間経った土曜日の深夜、編集が終わり、BGMを入れていく作業になると僕とバーチンは俄然元気になって一気に作業を進めた。

音楽は既にすべて決めていた。ヒッチコック作品で有名なバーナード・ハーマンの音楽と、FMでカセット・テープにエアチェックしていた関光夫さんの映画音楽番組から、いろいろな映画のサントラにアタリを付けていたのだ。

「ヒッチコック映画のリメイクにヒッチコック映画の音楽を付けるってなんかイイよな」

「うん、一気に雰囲気が出て、シダくんの映画なのにヒッチコックの映画みたいになるね！」

「みんな丸刈りだけどな！」

「丸刈りヒッチコック！」

僕らの疲れはピークに達しており、かなりハイな状態になっていたのか、編集完了の嬉しさも伴って、小さなことでもなんでも大笑いしながら音楽作業を続けた。

しかし本当に音楽の力でどんどん丸刈りたちの映像は「映画」へと変貌していくようだった。冒頭の殺人シーンにはもちろん「サイコ」の惨殺シャワーシーンの曲を大胆に取り付けたのだが、一気に恐怖に溢れたシーンとなり、僕らは尚も意味不明の喜びの笑いが止まらなかった。

ほかにも大好きな映画音楽家であるジェリー・ゴールドスミスの曲も惜しみなく使った。映画は「サイコ2」からだった。

「シダくん、『サイコ』とその続編からも音楽を使うだなんて、なんか一貫しているね」

「こういうのなんて言うんだっけ。オマージュだっけ、なんだっけ？」

「確か、リスペクト？　ブライアン・デ・パルマもヒッチコックが好きでさ、『殺しのドレス』とかめちゃくちゃ『サイコ』だったりしてさ、パンフレットにリスペクトとか書いてあった気が」

「いいね、オレたちのヒッチコックへのリスペクト映画だ！」

夜が明けて、日曜の朝になっても録音作業を元気いっぱいにやり続け、いよいよ最後のエンドロールの音楽を入れ終えたところで、僕らの処女作「ロープ」は完成した。

「できたぁ」

「できたなぁ」

総尺はたった十五分だった。しかしそれなりのミステリー・ショートショートといった感じで、「なんだか『トワイライト・ゾーン』の一本みたいだし、テレビシリーズでやっていた『ヒッチコック劇場』も多分こんな感じなんだよ。きっとそうだよ！」とバーチンは自画自賛するのだった。

「バーチン、結局肩書きは記録と小道具か。プロデューサーにしてくれないと何だか申し訳ないよ」

「関係ないって。全うしたのはそれぐらいだし、そんなこと別にどうだっていいじゃん。それよりシダくん、本当にやっちゃったね。僕ら、映画を作ったんだね」

バーチンは、嬉しさを全力で発して言うのだった。

僕は細かいいろいろなところに妥協はしたが、結果的に凄く満足していた。自宅を開放し、仲間を集めて一本の映画を作り上げたのである。どうすればいいかわからないままだった、ただの映画少年たちが、どうにかしてなんとかやり遂げてしまったのである。この感動を、どう表現すればいいのだろう。

「バーチン、ありがとう。そうだよ、オレたち、やったんだ。映画を作っちゃったんだ」

「うん、このあとは、皆を呼んで上映会だね」

バーチンがそう言って気が付いた。そうか。作ったものは上映して観てもらってこそじゃないか。ちょっと恥ずかしい気もするが、モノツクリの根本はそこにあるのだ。ここで一人で喜んでいたって、確かに何もならない。僕らは一週間後の土曜日に、関係者プラス一部の客を招き、二十人ばかりで上映会を開くことにした。バーチンは眠い目をこすってフラフラになりながらも、「シダくん、またやろうなぁ」と満面の笑顔になりながらお昼ぐらいに帰っていった。

ベータ・マックスのテープが一本。

完成した僕の映画が詰め込まれた貴重な一本が誕生したのだ。

高田が見たらどう思うのかな、などと頭の片隅で思いつつ、僕は大きなあくびをした。

そして今こそ、いいキャッチコピーを考えねば、などとも思うのだった。

第四章

映画「ロープ」の自宅上映会の盛り上がりは凄まじかった。

何しろフツウの記録としてビデオで撮影されるだけでも珍しいことだし、そんな何気ない日常の記録をプライベートに見るだけでも楽しくて仕方がないというのに、あろうことか自分たちが演技をして、それが一本の映画として完成されているのである。

かつて映画がはじめて誕生したときの映像は単に列車が駅にやってくるだけのものだったらしく、それでも「映像」というものをスクリーンに投射された「映画」として観た人々は、その光景に驚嘆したらしい。

僕は自分の上映会のとき、何かのスイッチを押したように、一度その光景も夢の中で観ていたことに気づいた。その夢の中では、皆列車の映像に物凄く驚いていた。覚えているのは列車だけじゃなくて、工場から人々が出てくる映像や、庭いじりをしているおじさんの映像など、本当にただの風景を撮影しただけのものだった。そんなものを観て人々は騒いでいたので、僕は夢の中でも、なんでこんなに驚いているんだ？　と逆にそれに対して驚いていた。

しかし、映画好きがエスカレートするって面白い。夢もどんどんリアルになっていく。何しろ上映の伴奏にピアノを弾いていた、そのメロディーまでなんとなく蘇ってくるのだから。

そのあとも映画は発展を繰り返し、内容も寸劇となって出し物となって、物語が加味され、演技も本格的になり、演奏はピアノひとつから楽団にグレードアップ。スクリーンもどんどん大きくなって、いつの間にか音まで付いた「トーキー映画」になっていく。

それから何十年経ったことになるんだろう。まさか今、この八〇年代にハンドメイドでその「映画」をプライベートで作れるようになるなんて。そんな大それたこと、そう簡単にできるとは当時の映画人たちはついぞ思わなかったことだろう。

だけど家庭用ホームムービーの８ミリフィルムカメラが流行って、個人の映像記録が可能になってからは、大胆にもそれを用いて「映画」を作り出した人たちも出てきたのだ。確かに８ミリしか幅がなくてもそれはそれでれっきとしたムービーフィルムだ。先駆者のクリエイティヴ魂ってのはホント、凄いパワーだと思う。

そんなフィルムを回すなんてどうやっていいかよくわからないところに、このビデオカメラまで出てきたもんだから、さらに時代は物凄いことになったなとも思う。撮ったらすぐ観れるこのビデオは、僕ら新世代の映画好きにとって夢のような機材だ。フタバのバレエの発表会を撮る話はどこへやら。こいつで作った映画「ロープ」は、それはそれはいろいろな意味で大反響で、個人的には映画の壮大な歴史の着地点がこの作品なのだと、大袈裟極まりないほどに感じてやまなかった。

ちなみに例のキャッチコピーは「壮絶！　一本のロープが人生を狂わす！」というあおりまくったものにしたにも関わらず、上映中はヒッチコックのサスペンスだろうが一幕劇のミステリーだろうがまったく何ひとつ関係なく、悲しいかな、ただただ爆笑につぐ爆笑のオンパレードだった。

いろいろな意味で、大反響ということはつまりそういうことである。誰かがセリフを言うたびに意味もなく盛り上がり、誰かがオーバーアクションをするたびに拍手喝采の嵐なのであった。どうなんだこのリアクション、とその状況を見て疑問に思いながらも、とはいえ自分の監督作品が大変盛り上がって鑑賞されている現実には、まぁまぁまんざらでもなかったことは確かである。と共に、つまりこいつが僕にとっての「列車がやってきただけで大騒ぎの映画」ってことなのだろう。

仲間うちでの上映会だけで終わるはずだったが、口コミで評判が広がり、至るところから「観せろ、観せろ」とリクエストをもらうはめになっていったので、バーチンと僕は定員制にして毎週土曜日の午後に自宅上映会を計五回も催した。

もちろん上映のたびに我が家は爆発的な熱気に溢れ、家族もそんな楽しい状況を見て単純に喜んでくれていた。

「まさか本当に映画を作っちまうとは思ってなかったなぁ。出来はともかく」

父は褒めているのか、酷評しているのかわからない感じでそう言った。

「まぁそろそろ受験勉強に気持ちを切り替えてくれないとダメよ。いい加減」

母は、基本的にすぐさま我が息子の映画狂お祭り騒ぎを終わらせ、早いところ受験生であるという現実に引き戻したくてウズウズしているようだった。

最後の上映会を終え、僕とバーチンは祭りのあとみたいな脱力感に襲われながらも、またまた生協の缶サイダーで乾杯して、ささやかに打ち上げ会を行った。

「我孫子市民会館でジミー観てからたった数カ月だよ」

「ゴクゴク……へ、何が？　バーチン」

「いや。シダくんがさ、映画を作りたい、監督になりたいって言ってからさ」

「あぁ、言ったなぁそんなこと」

「ホントにやりたい、実現したいって強く思うとさ、必要なものとか人がさ、いろんなところから自然に集まってくるんだってね」

「えー、なんだいそれ」

「夢ってのはそうやって実現していくらしいよ。シダくんはその夢に向かって、大きな一歩を踏み出したんだなぁ」

「いやぁ、こんなビデオ映画で大きな第一歩とか……。そ、そう？」

バーチンがいやに真剣にしみじみしているので、つい僕はその気にさせられ始めていた。

「そうだよ。あんなに客が押し寄せてさ、皆大騒ぎしながら楽しんでくれてさ、帰っていくときの皆の話、聞いただろ？　面白かった！　最高だった！　次回作はいつだ！　ってさ。こんなこと、僕が経験できるなんて夢にも思わなかったから、それぐらいのことをやったってことなんだ。だから、シダくんはもっと自信を持っていいんだよ」

「う、うん……。そう、なのかねぇ」

大変物凄くバーチンには申し訳ないのだが、僕はこのときまったく違うことを考えていた。もちろんバーチンの言っていることは極めて肯定的に全身で受け止めていたことは言うまでもない。重ねて言うがこのビデオ映画は恐縮ながら我が映画史に残る大事件レベルなのだから、バーチンに言われなくたってそんなことわかってるわい、という話だ。

じゃあ何かというと、なぜ、どうして、映画を観にきた観客たちがすべて「男子」なのかってことだ……。

皆男子だった。

百パー男子だ。

なんでだよ。ミツルもシキちゃんも出ているのに、なんで皆男子なんだ！　これじゃ「少年サンデー」の「男組」だよ、まったく。とにかくその点について、僕は正直言ってちょっと淡い期待をしていたってことだ。もちろんそれは、上映会にあの高田明日香がきてくれることを期待していたってことなのだ。同じクラスなんだから、女子チームのリーダーのカオリあたりが「皆で行こうか！」みたいに船頭してくれることを期待していたってわけだよ。それなのにまったくそんな気配もない。あげくこの男組、男祭りだよ……。

「なんのために映画作ったんだよ……これじゃせっかくの努力も……」

「え？　なに？」

つい声に出してしまって我に返った。やばい。そんなに思い込んでいたのは、なんのせいでもない、恋のせいだ。

「い、いや。せっかくの努力も無駄にならずね、報われて、良かったなぁ……ってさ」

「そうだね！　頑張ったもんね、僕たち」

「バーチンのおかげが百パーだった。それだけは間違いない。サンキューな、バーチン」

「シダくん！」

心の中で僕は同時に、「ごめんな、バーチン」と呟いていた。


季節は夏に突入し始めていた。

一学期の期末試験は散々だったが映画「ロープ」の達成感がまだ自分の気持ちを支えていたので、基本的に中学三年受験生の自覚も相変らずナッシングで、そんなことは別にどうでもいいことだった。

そして終業式の日、ほしくもない通知表をもらいつつ席に戻ると、前の席に座るエロ本ビリーが重大ニュースを耳打ちしてきた。

「速報でぇす。愛する高田は塾の夏期講習に参加する模様。シダっちはどうしますかぁ？参加しますかぁ？　神を信じますかぁ？」

「お前、声が大きいぞ！　なになに？　どういうことよ」

「僕たちは中三で、何を隠そう受験生なんですよねぇ。あれ？　映画監督には受験なんて関係ないんでしたかぁ？」

「ふざけてないでちゃんと教えろよ。高田がどうしたって？　高田の夏期講習がどうしたってよ？」

一度絞殺したはずなのにまだふてぶてしく生きているビリーがどうして高田のトップシークレットを入手できているのか謎だったが、とにもかくにも僕にとっての高田情報は文字通り現在の人生における最重要案件だ。高田が塾の夏期講習？　そもそも講習ってなんだよ。そんなものがあったのか。うー、そういえば随分前にプリントをもらってたっけ。

「もー、愛する人のことになると大興奮なんだからぁ。いいですか？　あなたの愛する高田は、この夏、塾の特別講習に参加します。参加に○を付けて、プリントを提出済み。夏休みはほぼ毎日、高田は塾にいます。以上」

「んぐ……毎日……。それ、お前は参加するのか？　ビリー」

「あったり前でぇす。受験生ですからぁ」

浮かれた声でおどけたあと、ビリーは真顔になってさらに顔を近づけてきて真剣に囁《ささや》き始めた。

「お前、高田の志望校知ってるか？」

「し、知るわけないだろうそんなの」

「ダメだなぁこの映画バカ。同じ塾の夏期講習受けるくらいだから、もしかしたら一緒の高校狙えるかもしれないだろうよ」

「な、なるほど。でも、きっと無理だろそんなの」

「だからしっかりしろよ映画バカ。いいか、さっさと講習応募しろ。この夏頑張ればなんとかなるべ。高田と一緒の高校行きたいだろが」

「う、うるせえなぁ。ほっとけよそんなの」

「ふんばれ、映画バカ」

僕が高田に片思いしているというヒミツは、実はこのビリーだけが知っていた。ボーイスカウトでキャンプに行ったとき、テントの中で寝袋に入りつつ、白状してしまったことがあるのだ。

＊

「何度キャンプやっても、やっぱりテントで森の音を聴きながら眠りにつくってのはいいもんだよなぁ」

「なんだよ、ビリー、いつになくしんみりモードでお前らしくないじゃん。いいから早くその寝袋の中に隠し持ってきた『アクションカメラ』、出せよ」

「ガキだねぇ、お前は。『アクションカメラ』だなんて、まだあんな子供だましなエロ本読んでるのかよ。時代はもう『GORO』よ、『プレイボーイ』よ」

「え、え、そんなスゴイの持ってきたの？　早く出せ早く」

「だから、そんなスゴイの持ってきて見つかったらよぉ、またビリビリに破いて食っちまうことになるだろうよ。ありゃあ大切な本なんだから、こんなところにゃ持ってきやしないんだ」

「チェっ、一瞬盛り上がっちまったじゃないかよぉ」

「そんなエロくてくだらないことばっかり言ってると、一生彼女もできずに終わっちまうぞ」

「なんだよ、それ。オレには映画さえあればイイんだ。別に彼女とか、全然興味ないしな」

「あっそう。じゃ好きな女子の一人もいないってのか？　だらしないねぇ、オレはいるぜ。もうめちゃくちゃ片思い」

「え。誰よ」

「ん？」

「同じクラス？」

「ん？」

「今のクラス？　前の一年のときのクラス？」

「んん？　気になるん？」

「いや、まぁ、今のクラスにゃいねぇよなぁ、そんなに可愛いヤツとかいないしなぁ、ははは」

「あらそうかね？」

「え？」

「ん？」

「いるの？」

「んん？」

「ビリー、言えよ。今のクラスか？　カオリのグループじゃないよな？」

「シダ、お前はカオリ一派の中に好きな子がいるんだな？　オレにはわかってしまったぞ」

「な、なんでよ！」

「何度キャンプやっても、やっぱりテントん中で森の音を聴きながらってのは、気持ちが正直になるもんだよなぁ。さ、誰だ？　オレにだけ、言ってみ」

＊

で、結局そのあとも巧妙な、というか、今思えば単純でバカバカしい誘導尋問によって白状するに至ってしまったのだ。それ以来こいつは冷やかしているのか励ましているのかわからない行動で、たびたび僕を高田情報で脅す、いや惑わすのだ。

ちなみに、ビリーの片思いが誰なのかはまったく聞き出せなかった。なんというか、そういうところが達者じゃないのが自分の弱みなのか。


遠くの席にそのソフィー・マルソー、いや高田明日香が見える。

塾で見るプライベートのうしろ姿とは違う、制服の佇《たたず》まいによる、女子中学生としてのうしろ姿だ。クラスの中では女の子グループがいくつかあったが、高田はその中の比較的賑やかなグループにいつも加わっていた。いつも元気なクラスの中の賑やかし役、秋田カオリのグループだ。

そうはいっても高田自身は決して賑やかなわけではない。カオリグループが何かの話題で大笑いしているとき、高田は手で口を押さえ、恥ずかしそうにちょっとだけ声を出さずに笑うのだ。とりわけ自分から話しだしたりはしない、いわゆるおとなしい性格の子。とりあえずそのグループに身を寄せているだけ、という感じ。

どうでもいいけど、少なからず僕にはそう見えていた。そして考えてみたらそんな高田と一緒の空間にいられるのは、もしかしたらこの中学生活で本当に最後になってしまうのかも知れないのだな、と改めて思った。

「ビリー、そのプリント、いつもらったっけ。夏期講習の申し込み」

「って、くると思ったよ。ほれ」

ビリーは即座に申込書のプリントを差し出してくれた。事前にもう一枚もらってきてくれたのだと言う。

こいつめ。もし僕が次回作を監督するとしたら、今度はちょっとだけいい役をキャスティングしてやるか、と思った。


通知表の配布も全員終り、担任の河崎ムネオ（漢字で書くと宗男なんだが、なんとなくカタカナな雰囲気の人なので皆カタカナ的にムネオと呼んでいる）が、終業の挨拶をして一学期も終了となった。と、そこでさらに思いがけない事件が起こった。

「おい、志田」

「ん？」

散開していく教室の中でムネオに呼びとめられた。はじめてのことだ。

「ちょっと時間あるか」

「え。はい」

僕はムネオに手招きされ、一緒についてこいと促された。僕は、眉をしかめながら言われるがままにムネオの方へと歩き出すしかなかった。

なんだ？　へなちょこ通知表の説教か？　しかも職員室でかよ。

バーチンをはじめミツルやジョー、シキちゃんやビリーたち映画チームの面々が教室を出て行く僕を、なんとなく心配して、あるいは気になって見ているのがわかった。そして教室のうしろの方で帰り支度をしている高田明日香と、一瞬目があってしまった気がした。なんだなんだと混乱した。

職員室は居心地が悪かった。

だだっ広い部屋に冷たそうな灰色の事務用デスクが所狭しと並べられ、おのおのの教師の個性がはっきり現れている様々なデスク模様が続いていた。どこにも楽しそうなものはなかった。

ムネオは隣の席のンタマのイスを差し出し、「まぁ座れや」と言った。

まだ戻ってきてないからいいものの、今ンタマがきたら陸上部連日サボリの件で掴《つか》まって怒られるじゃねぇかよ、とドキドキしていた。

「あ、立ったままでいいです。用件は何ですか？」

あらゆる危機的状況から一刻も早く退散したかったので、さっさと説教されてしまおうと覚悟を決めた。映画バカだから勉強のことで何を言われたって平気だぞ。僕は視線を天井に向け、さぁこいと気合を入れた。

「なぁ志田。俺にも例のやつ見せてくれや」

「は?」

ムネオの言うことが意味不明だった。例のやつとは何だ?

「お前らが作った映画だよ。大評判じゃないか」

「は?」

さらに混乱した。なぜ僕の愛と青春の映画人生に、この教師たるムネオが介入、侵食、横ヤリを入れてくるのかがわからなかった。

「監督は志田だって? うちのクラス連中が総出演してるそうじゃないか」

「え、えぇ。まぁ」

「カメラは自分のなのか? いつ頃どこで撮影やってたんだ。先生全然知らなかったよ」

当たり前だ。

どうしてイタイケな中学男子を容赦なく丸刈りにするような学校教師に、いちいち報告しなくちゃならないんだ。しないよ、絶対するもんか。

なんだか事情聴取されているみたいで急速に不快感が増してきた。だいたい関係ないだろう、オレたちが何をしていようが。自分の通知表のことで説教されるのは一向に構わないが、自分の映画のことで説教されるのは絶対に受け入れられなかった。

「あの、何か問題があるんですか？　学外で集団行動しちゃダメとか」

自然に反抗的な口調になっている自分がいた。だけど映画のことになるとささやかながらプライドが叫ぶ。なぜかここは一歩も譲るわけにはいかない、れっきとした理由ありきの反抗なのだ。

しかし、そんなふうに興奮している僕をポカンと見つめていたムネオは、やがて苦笑し始め、おいおいと僕をなだめ始めた。

「お前、何か勘違いしてるぞ。別にそういうこと言ってんじゃないんだよ。なんでそのことでお前に説教するんだよ、この俺が」

「でも……」

僕はどうにもムネオの気持ちが掴めず、やや理解不能になっていたので、しかめたままの眉は元には戻らなかった。

「いや、アキラから聞いたんだよ。傑作だったってな。これまであんなことするのはうちの中学にいましたかって聞かれたから、いねぇなって答えたんだけどさ」

生徒会長アキラの情報か。あいつは第三回自宅上映会に来場し、「ロープ」を観てかなり興奮しながら帰っていったっけ。でも、なんでムネオなんかにわざわざ報告するんだ。生徒会は秘密諜報部の手下の秘密少年団かよ。埒《らち》のあかない職員室からとりあえずさっさと逃げ出したくて、僕はさらにイライラしていた。

「じゃあ、その映画を先生に観せればいいですか」

「いやまぁ強制でもなんでもないぞ。機会があればぜひ観せてくれ。それでいいわ。でなぁ」

ほらきた。

「でなぁ」ときたらやっぱりほかに本題があるのだ。別に映画の話なんかどうでもいい前振りなんだ。あぁ面倒くせぇな。どうせ「で、お前の成績のことだがなぁ……」とか、「で、お前の進路計画のことだがなぁ……」とか言い出すのだろう。

まったく放っておいてほしい、と思っていたので、次のムネオの言葉には、にわかに信じられないほど強烈なものがあった。

「どうだ、志田。今年の文化祭でそういう面白い映画を作ってくれんか」

「は?」

「新作をだな、お前が音頭とって作ってくれ」

「は？」

「秋の文化祭で上映してくれ。うちのクラスの出し物だ」

「はあ？」

終始混乱していた。

ムネオは笑いながらさらにいろいろ細かいことを言っていたようだが、僕は職員室の窓の向こうに帰宅する高田のうしろ姿を発見し、とりあえず今この瞬間だけは、そのうしろ姿ですら愛おしい高田にだけ、意識を集中していよう。そう思った。


「で、どうしたの、シダくん！」

バーチンの第一声は興奮していた。その声は既に裏返っていた。

「まぁ、いきなり断る理由もなかったから、じゃ皆で考えてみますって言っといた」

僕はまだ高田の下校姿を思い出しながら何気に答えた。

「凄いことだな。つまりは俺たちの映画作りが認められてお声がかかったってことだろ」

スポーツマン、ミツルが腕を組みつつ、頷きながらそう言った。

「資金は出るのか？　製作依頼だからな、それって基本的に」

ビリーもエロ本バカのくせに確信的で生意気なことを言う。

しかし、こうして映画作りの仲間たちが、僕が職員室から戻るまで待っていてくれたのはとても嬉しかった。単純に「何事か？」という事態で心配して待っていてくれたようなのだ。

だけど、用件が自分たちの映画のことであったとはまったく思わなかったのだろう。皆、事の次第を理解すると、急に、「オイオイそうなのぉ？」と、ちょっと悪い気もしないでもないというカンジになるのが可笑《おか》しかった。

「どうもこうメジャーに迎合するような感じでイヤだよねぇ。シダカントク、長いものにまかれて〝ダロジロ〟みたいなフジテレビ映画を作るのだけはやめてよね」

シキちゃんは、既に主役はオレ、続投決定だからヨロシク、みたいな解釈ですっかりスター気取りだ。

「次はアクションがいい。『北斗の拳』のケンシロウのように、徹底的に世の中のすべてを叩きのめしたい。リアルに」

ジョーも真剣な顔をして呟いた。なんだかんだ言ってノっているのだなと思った。

「でもビデオだから、文化祭の上映だと、でかいテレビを用意しなきゃダメなんじゃないのか、志田」

良太郎も残ってくれていた。しかも本質的疑問をきちんと抱いて。

「そうなんだ。でも、でかいテレビなんていらない。今度の映画は『ロープ』みたいなお気楽ビデオ映画じゃないぞ。8ミリフィルムだよ。本格的ムービーフィルムで撮るんだ」皆が「おぉーっ」とどよめいた。そしてそのあと、「8ミリ?……8ミリ??」とざわめいた。

学校が製作側になるので校内備品を使用しなくてはならないのは必須条件だった。昔からある8ミリ映画機材を使用せよ、ということだ。

「そんな備品がこの学校にあったなんて」

バーチンが呟いた。そして、「フィルムだ……映画だ……本格的な映画だ……」とぶつぶつ言い始めた。やはりバーチンとしてはフィルムという存在に大層トキメキを感じているようだった。

しかし、いよいよ時代は八〇年代ニュー・ウェイブですっかりビデオ台頭時代だと口すっぱく言っているのに、ナゼ今8ミリフィルムに逆行しなくてはならないのか? 次回作の件を自慢して言い放ったとはいえ、実のところ僕は疑問でしょうがなかった。

そりゃスピルバーグも最初は8ミリ映画少年だったよ。さらにはコッポラだって、ジョン・カーペンターだって、大森一樹だって手塚眞だって、皆8ミリ映画の自主製作からスタートしているってのもわかってる。大林監督もそうだ。監督の映画でいえば、「転校生」の尾美としのりも尾道で8ミリカメラを回す姿が登場して、まぁそれが映画少年目線ではとにかくカッコ良くて、だからもちろん憧れはある。でもやり方から何から、なんにもわからないところからのスタートだ。それが、ちょっと不安だった。大丈夫なのかなぁ……と。たとえ堂々皆に伝えつつも、心の中ではそんなことを思っていたら、バーチンが良太郎に、熱のこもった解説をしている声が耳に入ってきた。

「いいかい良太郎、8ミリフィルムは一秒18コマで撮影されるもので、ワンマガジン三分半しか撮れないんだ」

「三分半？　たったのか？」

「正確に言うと三分二十秒だよ。ビデオなんかと違って一秒一秒が大切なんだ。だから事前にテストして、本番で失敗しないようにしよう」

「お、おぉ、頼むぜ馬場……。だけど、そりゃあなかなか緊張感があって燃えてくるじゃねぇか」

なんと。どうしてバーチンはそんなことまで知り得ているのだ。凄いヤツだ。本当に映画という映画に目がないヤツとは彼のことだ。僕は改めて、プロデューサーに面倒ごとは一切任せよう、とにかく自分は監督なのだから中身だ、中身のことをひたすら死ぬ気で考えて、最高に面白い映画を作る、それしかないのだ、とまたまた思い直した。

考えてみれば今回ははじめての8ミリというのに、機材はもちろん、フィルム代や現像代はすべて学校側が負担してくれるという、大手出資者付きの本格的産業映画スタイルなわけじゃないか。だったら監督として余計なことは考えず、タダ同然の8ミリ・ムービーフィルムを納得いくまで回してやればいいんだ。

「それにある意味レトロでアナログだけれど、映画的には8ミリだろうがナンミリだろうが、アコガレのムービーフィルムには変わりないのだから……」

気がつくと、僕もぶつぶつ言いながら自分に言い聞かせていた。

「何にしても快挙だね。僕らの映画がこれほどまでに影響を及ぼすとは」

バーチンは皆をさらに興奮させるようなことを言った。僕もその言葉を聞いて、ハッとして正気を取り戻した。

「そうだぜ、志田。協力するからよ、また皆でやってやろうぜ」

ミツルが頼もしく、そして力強くそう言った。

「なんかさ、これっていわゆる次回作製作決定っていうやつ？　ふふーん」

シキちゃんがクールさをキープできないくらい喜びはじめ、笑顔で言った。皆もつられて続けた。

「ふふーん」

　そうか、皆も結局は喜んでくれているんだな。その証拠に、なんて充実した視線で僕を見つめてくれているんだ。ということはだ。やっぱりなんだかんだ言いながら、文化祭に向けてさらなる新作を作るということなのだな。前作同様、この丸刈りチームでガツンと見せつけてやるってことなのだな。再確認の視線を僕からも皆に送り、全員でうんうんと頷いた。

　そして、おぉこれが映画少年たちの青春の一ページってやつだ、とも思った。ふふーん。

第五章

暑い夏が始まった。

夏休みが始まると、あたり前だが必然的に気温が上がり、空気が揺らいで蝉が鳴く。蒸し暑く、早朝四時頃からうっすらと明るくなっていく空と共に、根戸という地区に繋る森から、ワンサカと町へと降りてきた蝉たちが、朝っぱらからミンミンミンミンやかましい。田舎だから中途ハンパに静かなので、この声が本当によく轟くのだ。

僕の部屋にはクーラーとやらもないので、いちいちタイマーが止まるたびに扇風機へと手を伸ばし、「うるせいなぁ」と寝言のようにボヤいて、またうつらうつらとした不快な眠りについたりする。そんな朝が、またこの夏も続くのだ。

中学生になったのでもう早起きラジオ体操は卒業したが、かわりに毎日九時から始まる夏期講習がスタートしたので、結局いつもの時間に起床する。休みもくそもない。

何度も言うが、勉強は大キライだ。キライなものに打ち勝って手に入れるものは高田と同じ高校に行くこと、ただそれだけだった。不快な朝を乗り越えるのは面倒なのだが、不思議とヒトタビ冷たい水で顔を洗うとしっかり目が覚めて、同時に高田パワーが漲《みなぎ》る。バカな頭が、「そうだ、高田と僕のすがすがしい高校生ライフを実現させるんだ！」と気合のビンタをかましてくれるのだ。そうして夏期講習に朝から向かうことにも、まったく苦ではなくなっていく。くどいようだが、恋の力は凄い。

まず何よりも午前中から私服姿の高田に会えることが嬉しい。

しかも夏休み仕様、とでもいうのだろうか。学校終わりで着替えてくる私服の高田とはかなり違う、よりプライベート感満載の高田が、そこにはいた。ノースリーブでいつもより露出ヤヤ増しな姿で登場してきたときは、ビリーが小声で「落ち着け映画バカ、落ち着くのだ」と冷やかしてくるほど、多分それぐらい僕の目は、丸く大きく見開いていたのだと思う。

そうして僕の夏期講習は結果的に勉強どころではなくなっていった。高田の夏の私服姿は、僕にとって毎日がファッション・ショーだった。白く眩しいTシャツに黄色のミニスカートというコーディネートや、カルピスみたいな白玉模様の涼しげなワンピース。なんでそんなに可愛いのかよとボーっとしていると、あるときは黒のタンクトップに七分のジーンズという、突然ワイルドでセクシーな姿も見せ、それはそれはノースリーブに勝るほどの破壊力で、もうどうしていいかわからなくなるときもあった。勉強なんて当然頭には入ってこなかったのである。

その代わり僕の頭の中では、シリーズ最新作「ラ・ブーム3」が勝手に展開し始めていた。ブームとはフランス語でパーティーという意味だ。つまり訳すと「ザ・パーティー」という、実に安直でマヌケなタイトルになる。別に「ラ・ブーム」じゃなくてもなんでもいいのだが、それでもフィービー・ケイツの「初体験リッジモント・ハイ」や「プライベート・スクール」みたいな、ストレートすぎて知性のカケラもないタイトルや、ブルック・シールズの「青い珊瑚礁」といった、文学性を匂わせてるけどただのエロ、とは全然違った清楚感が「ラ・ブーム」にはあるではないか（フランス語だしね）。

青春の思春期を過ごすソフィーにとって、皆が集まるパーティーはとても大切な社交の場なのだ。映画でも衣装はノースリーブだけどスケベなことは決してしないぞ。片想いの男の子と、何とか手を繋いで一緒にダンスをしようと懸命に恋するソフィーがいるだけなのだ。

重ねて言うが「ポーキーズ」とか「グローイング・アップ」みたいな永井豪的花平バズー

カな世界では決してないんだからな、という妙な意気込みがそこにはあるのだが、まぁそんなことはどうでもイイ。

つまるところ僕の頭の中では、ソフィー高田が音楽が鳴り響くパーティー会場にて無垢な笑顔で踊っている……。そんなシチュエーションがひたすらリフレインしているのだ。

そこで彼女は出会う。同級生の、自分を片想いしてくれている誰かと……。そんな感じで物語の展開を想像していくと、もう本当にいてもたってもいられない気分になっていく。セリフとかも、やっぱりあの囁《ささや》くようなフランス語で「シャバダバシャバダバ？」とか11PMみたいに言うのだ。あぁ、もうダメである……。

しかし、講習の内容をすべて理解しないと、ソフィー、いや、高田と、本当に離れ離れになっちまう。だから少なくともここでの授業は真剣に聞いて、必死になって勉強するんだ。それだけを言い聞かせ、僕はその完全なる掟を守り抜くよう、とにかく想像と妄想をかなぐり捨てようと努力するしかなかった。


夜は文化祭のための新作映画の企画作りに精を出した。

初期段階で考えたのはアクション映画だった。別にジョーをケンシロウにしようと思ったわけではない。前作の密室サスペンスからの反動で、今度は大々的に上映されることもあるから、ここは一発、単純に明るく楽しいエンターテイメントに仕上げよう、とだけバーチンと話していたのだ。

どんなにシリアスなことをやっても結局爆笑を呼んでしまうのなら、今度は徹底的にバカみたいに大騒ぎの映画にして、さらに観客を盛り上げてやろう。そんな裏をかく作戦が僕らにはあった。結果的に盛り上がれば大成功なのだから。

しかし、その娯楽路線という内容がなかなか思い浮かばない。

アクションといってもジャッキー・チェンみたいにカンフーができるわけでもないし、「ヤングマスター」の扇子や「ドラゴンロード」の玉蹴りをしようにもそんな高度なことをやれる丸刈り中学生などいるわけもなかった。

それに車の免許もない僕らに「キャノンボール」みたいなカーチェイスだって無理だし、「ロッキー」や「ランボー」や「コナン・ザ・グレート」みたいにただ殴り合ったりするにも限度がある。じゃあ「少林寺」みたいに本気のカンフーで戦うとか？　言語道断、そんなことできないし、無理矢理やってもコントになっちゃう。第一面白くもなんともないだろう。

僕は大いに行き詰まり、たびたびバーチンに相談したが、これについては彼も同様で、どうあがいても「マッドマックス」は作れないよなぁ、とジットリと汗を額に垂らしつつ、うちわを仰ぎながら嘆くのだった。

「SF……ってのはどうなんだろう?」

「ぅえっ」

唐突なバーチンの問いかけに、思わず変な反応で返事をしてしまった。

「え、SFって、ルーク・スカイウォーカーみたいな?」

「いや、『スター・ウォーズ』なんてあんなのもう古いじゃん。もっとシンプルな、日常の中で起こるジュブナイルみたいな感じ」

「ジュブナイル、あぁ『時をかける少女』か!」

「そう、ああいうちょっと文学的なSFって、僕らみたいな中学生が作ったら、意外性もあってかなり評価されるだろうね」

バーチンはジュブナイルとか文学とか言っているけれど、僕の頭の中には既に尾道の石段を清楚に駆け下りてくる高田の姿が、相変わらずあらゆる角度からのカメラによって、またまた華麗に映し出され始めていた。なんとこんなにも早く高田主演映画企画が動き始めるとは、とも思ってしまったからもう完全に恋の重症患者だ。僕はすこぶる興奮して前のめりになっていた。

高田の姿が脳内で勝手に動き出す。すると不思議にストーリーもどんどん溢れ出してきて、僕の視点は定まらなくなり、何かに取り憑かれたかのように喋り始めていた。

「主人公の女の子は、ある日、自分が持っている不思議な能力に気づく……」

「ほお」

「それは、人の心が読めてしまう能力なんだ。その人の顔を見て、目と目が合うと心の声が聞こえてきてしまうんだ」

「ほおほお」

「最初は空耳だと思うんだけど、次第に困っている人がいたらその能力で自分から手助けしたり、悩んでいる友達がいたら、自分から声をかけて相談に乗ってあげたりするんだ」

「ほおほおおほお！　シダくん、いいねいいね！　それでそれで？」

「そうしているうちに、あるとき片想いをしている男子と目が合ってしまう。実はそれまでその男子とだけは目を合わせないように、その子は気をつけていたんだ。だって、それでその男子が何を考えているか、誰のことを想っているのかを知ってしまうことが怖かったからだ。だけど目が合ってしまった。そのとき心に飛び込んできた男子の声とは……」

「うん、何考えてた、その男子！」

「映画を作りたいという夢を抱いていたんだよ！」

「ぅえ？」

「男子は大の映画好きだった。毎日のように映画を観て、いつしか自分も映画を作りたいと考え始めていた。でも、どうすればいいのかわからない、どうやって映画を作ればいいかわからなくてとても悩んでいる真っ最中だったんだ」

「えー?」

「そこで超能力女子は少しでも映画男子の力になりたいと、映画作りってのはどうすればいいのか必死に勉強を始めるんだ。それで映画の話をきっかけにしてその男子とも接点を作って仲良くなって、やがて映画男子は君を主役にして映画を撮るよってことになって二人は……」

「いやー、急にチープになっちゃって、全然SFじゃなくなっちゃったけれども」

「んあ?」

何かに憑依《ひょうい》されたかのように喋り続けてしまったが、正直ストーリーなどどうでもよくて、高田がいろいろな表情をしながら、知世ちゃんみたいに尾道の街で可愛く活躍する姿だけを考えていた。

ちなみに映画男子を演じていたのは誰あろう丸刈りの自分だったりした。もはや狂気だ。

「なんの話だっけ? バーチン」

バーチンは正気に戻った僕を怪訝《けげん》そうに見ながらやがて苦笑した。

「しかし、シダくんの空想力はスゴイね。何？　今の。ふいに考えたの？」

「いや、なんだか喋ったのはいいけどあまり覚えてないし面白くないな。ははは」

「なんかさぁ、頭の中に気になることがあって、ときどきそれでショートしちゃうんじゃない？」

言い得て妙だがさすがバーチン、その通りだった。高田のことを考えると頭の中がエレクトショックを起こすのだ。自制だ、自制。気をつけねばと思った。


その夜、深夜映画でスティーブ・マックイーンの「ブリット」が放送されていた。家族が寝静まったあと、リビングのテレビにイヤホンを繋ぎ、「アクション映画は難しいって言ってんじゃん」などと小声で独り言を言いながら観ていたのだが、これがなかなか目が離せないサスペンスもので、ときどきアクションシーンもあったりするが基本は日常の中での犯罪モノ。物語も極めて単純なんだが、ちょっとした仕掛けで意外な展開になっていき、結局面白くて最後まで観てしまった。

翌日、電話でバーチンに眠い目をこすりながら『ブリット』の話をすると、「実は僕も昨夜観ていたんだ」と言ってきた。

「ああいうノリはありじゃないかなと思ったんだよな」

「うん、ああいうノリはありだよね」

「ジャッキーみたいなバトルは陳腐になっちゃうし、カーアクションも無理。だとしたらもうこのノリかなって」

「うん、このノリだよね」

なんとなく二人とも寝ぼけていたので、話の続きは今夜にすることにした。

僕は日中の講習を、高田を見つめながらも居眠りに徹するという離れ業を駆使して過ごした。とはいえ今度は頭の中が半分、また映画回路がフル回転し始めていたことにも気づいた。さらにときどき火がついたように高田への愛が燃え上がりおかしくなる。このとき僕は、映画も恋もやはりビョーキなのだと確信に至った。特効薬は、ない。この夏休みは、やっぱり完全に勉強も講習もそっちのけだ。だけど、多分こうなるんじゃないかなとは思っていた。結果そうなってしまった今、心配する気持ちも不安も、完全になくなっていた。

その夜、またまた講習帰りにバーチンの家に寄り道し、冷たい麦茶をご馳走になった。ずっと居眠りしていたおかげで頭もスッキリしたし、バーチンも日中は昼寝をしていたらしく、目が冴えてきていたようで、「これね」と言って、ビデオデッキにテープを突っ込んだ。再生して流れてきたのは、軽快なジャズ・サウンドで始まる、カッコいい映画だった。

「『フレンチ・コネクション』。ジーン・ハックマンだよ」

「おー、フリードキン監督。うんうん刑事モノ、そうなんだよ、これなんだよ」

「勧善懲悪だし、犯罪ものは舞台も選ばないからどこでも自由なロケで撮れるよ」

「それに役者も身ひとつで成立する」

「ハックマンとロイ・シャイダーのコンビがいいんだよね。そうだ、刑事を二人組にしてバディ・ムービーにするのも手だよね」

「ばでぃって？」

「二人の凸凹コンビでダブル主演の映画だよ。しっかり者と三枚目とか。ジェイクとエルウッドだ」

「おージョン・ランディスの『ブルース・ブラザース』。いいね、それ。今ふうに撮れば『ジョン&パンチ』みたいにカッコヨクなるかな」

「ガンアクションが決まればね」

「が、ガンアクション？　拳銃？　撃つの？」

「最低限そこは抑えとかないとじゃない？　刑事ものなら」

「まぁねぇ。だけどそんな小道具、どこにあるんだ？」

「モデルガンだね。確かアキラがかなりのコレクターだって聞いたことがあるけど」

「アキラ？　生徒会長の？」

今回の話の発端の重要人物、生徒会長アキラの再登場か。なるほどうまくできていやがる……。と、僕はふいに思いついた。生徒会長を巻き込めば、もう変に暗躍されることもなく、オフィシャルとして堂々と動けるようになるんじゃないかと。

「よし、アキラを巻き込もう。生徒会長を映画に協力させればそれだけで公式感が出るからな。だいたいアイツがムネオにチクらなければ今回の話にはならなかったんだ。無償で協力させよう」

考えてみたら、本来はそんなアキラに多少なりとも次回作製作に繋がった件でお礼を言うべきなのだが、なんとなくお前のおかげでこっちはドタバタで大変だよ、まったくもう、という空気感を出して協力させてやろうと思った。単純な発想だが、モデルガンのためなら仕方ない。

「シダくん、今回はプロデューサーみたいだね」

「なにしろ上映会の日程がきっちり決まってるからな。淀みなくいかなきゃ。明日、早速アキラに電話してみるよ」

「じゃあ僕はアクション映画の資料をまとめておくよ」

僕らはようやく中身の土台を固めることができた。ひとつ突破口が開けば一気に展開していくから面白い。あの悶々とした悩みの日々はなんだったのか、と今は冷静に振り返ることができる。今回はこの産みの苦しみということも体験できたということか。

とにかくヒッチコックからバディ・ムービーへ。映画バカの丸刈り中学生によるさらなる夢が、ある意味節操なしにどんどん広がりつつあった。外の蝉の声が、一際大きく聞える熱帯夜だった。

二日後の夜、アキラの家へと出向いた。

アキラの家は我が家の地区から十五分ほど自転車で走らせた根戸という地区にある。そこには例の真夏の蝉の王国である大きな森があり、ボーイスカウトでよくキャンプをやっていた野営場でもあった。

僕は自転車で、暗くて気味の悪いこの森を横切りながら、その不気味さと混沌《こんとん》とした感じが、考えてみたらアクション映画には持ってこいのロケ地だなと思ったりした。

アキラは既に前日の電話で、新作映画の件についてすこぶる興奮していた。

「モデルガンなんていくらでも貸してやる。明日うちにこい。いろいろ打ち合わせをしよう」

いろいろ打ち合わせとは何ぞや……と思ったが、生徒会長をやっていて頭の切れるアキラだからそういう言葉遣いは仕方がないのだろうと思った。

でも、家にお邪魔してアキラと話していると、どうもなんとなくいろいろ打ち合わせと言った意味がわかってきた。つまるところアキラは小道具提供に限らず、自分も映画作りの一員にさせてほしいと頼んできたのである。

しかも脚本を書かせてくれないかとまで言ってきたのだ。

「僕はね、志田。正直羨ましかったよ。君が映画を作っていると聞いたときだ。君とは小六からの親友だから、僕は君のことはかなり理解しているつもりだった。でもまさか映画作りを始めるとは思わなかったわけだよ。だって君は映画のエの字も、小六のときは感じさせなかったからね。僕がクラスのお楽しみ会で劇を演出したときだって、君は出演者として脇役で少し登場しただけだった。ナゼあのときの脇役が映画を作るのだろうと僕は疑問を抱いたよ。うん、つまりは悔しさすらあったんだよ……」

だから脚本を書かせろというのか。よくわからない言い分だった。

「僕の劇を覚えているだろ?『ヘンゼルとグレーテル』現代劇改定版。あれは三津浦先生に物凄く褒められたんだ。脚本には自信があったからね。もうひとつの藤堂さんたち女子チームの『眠れる森の美女』の劇なんかより、全然完成度は高かったと自負している。

僕はあのとき、将来この文才を生かした職業に就こうと決心した。小説家か脚本家か、広告代理店のコピーライターとかね、それはまだわからない。でも僕は、そのあとも結構暇を見つけてはコツコツと文章なるものを書いているんだ。だから……」

だから脚本を書かせろというのか。モデルガンをさっさと見せてほしかった。

「だから僕は志田のことを見直したんだ。脚本まで書いて、映画まで作ってしまうなんて……。なんだっけ、あぁ『ロープ』ね。まぁ言い方は悪いが、僕が監督したらもう少し……グレード……うん、もう少し質を向上させられたかなって思ったけどね。あ、これは同じクリエイター同士だからあえて言える厳しい感想だよ。あえて志田だから言うんだよ。決して悪いって言ってるわけじゃないからね、これは……。志田なら理解してもらえると思う。僕の劇の出演者、まぁ脇役だけど出演者だった君だったらね。とにかく、僕ならもう少しだけイイ感じに仕上げる自信は、絶対あるんだよ」

だから脚本を書かせろというのか。

面倒くさいから脚本でもなんでも書きやがれと思い始めていた。

「えー、でシダくんオーケーしちゃったの」

「うん」

「アキラが書いた脚本で映画撮んの」

「うん」

「アクション映画で」

「う、うん」

バーチンは缶サイダーを飲むのを止めてびっくりしていた。

いつものように講習終わりの夜、映画製作ミーティング中であったわけだが、アキラの一件で瞬時に空気が変わった。

なんとなく予感していたバーチンの反応だったが、やっぱりかなりの拒否反応っぽい。

アキラは悪いやつではないが生徒会長を地で行くタイプ。良くできた生徒には間違いない。

が、今回は教師陣のさしがねみたいなノリで途中参戦してきたかのように見えてしまうのも致し方ない。別にそこまでバーチンが言った訳ではないが、多分そう思っているのだ。

というか、僕自身がややそう思っていた。

「バーチンの言いたいことはわかる。確かにアキラは生徒会だしイケ好かないヤツだ」

「別にそんなこと言ってないよ」

「しかも映画のエの字もわかってない。なにしろヘンゼルとグレーテルだしな」

「別にそんなことどうでもいいって」

「どうしてモデルガンだけですまなかったのか。しかも肝心かなめの脚本という座を任せてしまったなんて、僕が言いくるめられたことを不甲斐ないと思っているんだろう?」

「だから、そんなの思ってないって」

バーチンは缶サイダーを飲み干し、コツンとテーブルに置いて話を続けた。

「一番重要な点はアキラが書いた脚本が面白いか面白くないか、それだけだよ」

「そ、そうだな」

「なにしろ脚本完成の段階で映画の運命が決まるんだからさ」

「そ、そうだな」

「まぁ、あまりにもひどい出来だったら僕らでリライトすればいいのさ。それは監督の特権だしスピルバーグだってヒッチコックだって自分以外の人にシナリオ書かせてバンバン手直ししちゃうって言うしね」

「そ、そうだな。り、りらいとって?」

「書き直しってことさ。でもシダくん、生徒会長に脚本書かせるなんて、なかなかいい切り口を作ったもんだね。文化祭できっと話題になるよ」

思いもかけず褒められた。

バーチンはいつだって誰よりもプロデューサーみたいなことを言う。

「そ、そうだろぉ。別にあいつがいいもん書くなんて思ってはいないさ。でも中枢スタッフにも新たなテコ入れをしないと新鮮味に欠けるしさ。それに、あまりにも強引に立候補してきたやつをムゲにするのもどうかと思ってさぁ」

なんだか自分の言ってることがとことん矛盾していて調子が良すぎるので急激に恥ずかしくなった。そういう行き当たりばったりでいい加減な僕に、バーチンはよくもまぁ穏便に付き合ってくれるものだとも思った。なるほどプロデューサーという人間は、こうして我慢強く寛大な心を持った人でなければいけないのだ。「うむ、ついていくよ、すべて任せていくよバーチン」と、またまた勝手に都合良く、心の中で呟いた。


やがてアキラはきっちり一週間で「ＴＯＫＹＯシティ・マグナムナイト〜昇天！地獄の復讐殺人鬼対ヤングポリスマンズ〜」という、火曜サスペンス劇場とＢ級アクション映画をごっちゃにしたようなタイトルの脚本を書き上げてきた。

その恐るべき意気込みは大袈裟すぎるタイトルだけではなかった。脚本の分厚さが物凄く、最初は電話帳かと思ったほどだった。

「いやぁ、思いのほか超大作になってしまった！」

アキラの堂々としたその一言に、僕とバーチンが愕然としたのは言うまでもなく、はじめてその時点でバーチンから笑顔が消えたのも言うまでもなく、二人の夏休みの後半戦がりらいと大会に終始したのも言うまでもなかった。

やがて夏期講習期間も終わりに近づいてきた。つまり夏休みも終わろうかという時期になってきたということだ。

中三の夏休みをずっと講習に費やし、夜も友達のところで一緒に勉強してくると嘘をついて毎晩出かけていたので、やっと映画熱も冷めて受験生として自覚を持ったかと、両親から安心の目が向けられていたわけだが、実態はもちろん違った。

とにかく僕とバーチンはアキラの書いてきた大スペクタクル刑事物語をバッサバッサと切っていき、ひたすら再構成していく作業をしていたのだった。

アキラの脚本はそれほどムダなシーンが多いものだったが、逆にいうとアキラの映画に対する、というか、僕に向けた対抗心を大いに感じる力作であったことは否定できない。何しろ頭の切れるヤツなので、推理サスペンスとしては謎解きのギミックがよくできていたことは確かなのだ。

「一読すると、ありがちかもだけど、実はちょっとハッとさせられる仕掛けの謎解きモノだよね」

バーチンもそう評価した。もちろんそのことに僕も異論はなかった。だけどその仕掛けを表現するには莫大な時間と労力と、たくさんのキャストとスタッフとロケ地と美術道具などが必要になってくるので、これは丸刈り中学生には無理だわ、土曜ワイド劇場無理だわと、僕らは苦笑しながらばんばん切っていったというわけだ。

あとこれはマイナス点だが、内容があまりにもシリアスすぎた。アキラには散々バディ・ムービーで「ブルース・ブラザース」の話をしたっていうのに、そういういい意味での軽さが皆無なのだ。

「よくできてるストーリーなだけに、今回の僕らの目的のドタバタアクションで上映をさらに盛り上げるってのが、これでは無理だね」

バーチンはまたも的確に評した。僕も異論反論まったくナシだった。なので、そのあたりはアキラには悪いが、できるだけイイ部分と思われるエピソードだけを残して、テイストを土ワイからジョン・ランディスへと移行させ、なんとかつじつまの合う物語を〝りらいと〟して再構築した。まだ使い慣れていないのでひらがなで表現しているが仕方ない。まったく映画一本作るたびに新しい言葉をたくさん学ぶな。

蒸し暑い残暑の夜、相変らずの丸刈り二人はほっと一息ついた。

「はー、りらいと完了。バーチン、いらん仕事を増やしちまってすまなかったな。まったくヘンゼルとグレーテルが聞いて呆れるよ」

「前も言ってたけど、なんなのそれ？」

「アキラが脚本と演出を担当した小学校時代のお楽しみ会の演劇さ。あいつはあのときの拍手喝采の栄光をいまだに抱き続けているんだ」

「あー、そういうのあるよね。成功体験がそのあとにも影響を与え続けるっていう、良くも悪くも」

「ホントだよ。どこか何か勘違いしているとしか思えないよなぁ」

「僕らも気をつけなきゃね。これでホントに映画界を目指すぞ、なんてさ」

バーチンは笑いながら麦茶を飲んで、りらいとした脚本を読み返したりした。

確かに……僕はあんなビデオ映画一本撮っただけで映画史に残る大変な功績を残したとか、もうこれどうしよう、大変な事件だぞ、とか勝手に叫んでいたけれど、結局それは自宅での爆笑上映会の盛り上がりを都合よく成功と捉《とら》えているだけの、つまりはカリソメの成功体験にただウツツを抜かしていただけではないのか。

そう思うと急激に自分が恥ずかしくなって、顔が熱くなってきてしまった。

「でも今回の作品、これはこれでなかなか面白くなったから、結構『ロープ』より評価されるかもね」

バーチンがすかさずそう言ってくれたので、僕の顔は真っ赤にならずにすんでのところで落ち着いた。

そうだ。監督には次回作という名誉挽回、というか、さらにステップアップしてこその機会があるではないか。それがこの、りらいとした作品なのだ。そうだ、今度こそ真なる成功体験を手に入れるのである。そのためには、もう〝りらいと〟とか言っていてはダメだ。カタカナでリライトだ、リライト。しかし、ちょっとだけ気になっていたのは、なんだかんだ言ってこの作品が、結局なんとなく、金曜夜のあのドラマっぽいな、ということであった。

「あー、アレ」

「うん、あれ」

二人はそこで同時に、あの人気刑事ドラマの国民的テーマソングを口ずさんだ。

第六章

「今度の俺は、ヤマさんか。いやボスかな」

エロ本ビリーが感慨深げに呟いた。

「俺は暴れまわるロッキー、いやテキサス……」

ジョーがぶつぶつと分析し始めた。

「シダにしては珍しいじゃないか。ドタバタコメディーなんてよ」

良太郎がざっと脚本に目を通して、一言さらっと感想を述べた。

二学期の始業式とホームルームが終わり、僕らの映画チームは教室に残って円になって座り、夏休みのあいだにてんてこまいしながら作り上げた脚本を回し読みしていたのだ。

やっぱりあの刑事ドラマ「太陽にほえろ！」の焼き直しにしか見えないか。でも、まぁいいとしよう。それについては映像構成のテクニック次第で、いくらでも違うカタチに見せられる。脚本完成後、いかにカッコいい映像として見せるかを徹底的に研究したんだ。

だからそれをしょっぱなからドタバタコメディーと称されては納得がいかない。いや、確かにドタバタ感も盛り込んだ。しかし、それはバランスを考えてうまく入れたつもりだから、そんな一言で片づけられても困るというものなのだ。これでも一応処女作は名匠ヒッチコックのリメイクで皆を唸らせた監督なんだぞ。まぁ爆笑ものだったけど。僕はガヤガヤと興奮している皆をかきわけて、何とか軌道修正するべく躍起になった。

「皆、ちょっと待ってくれたまえよ。なぁ良太郎、ドタバタはないだろう？　狙いは『ブルース・ブラザース』なんだよ。ジョン・ランディス的コメディー・テイストを加味させた、かつＭＴＶのように疾走するナウなバディ・ムービー。そこにほんの少しだけ金曜刑事ドラマのスパイスをぱっぱっとふりかけたって、そういうことなわけだよ」

全員がポカンとしていた。

「なんだかさっぱりワカンネ」

いつまでたってもガキのヤマケンが言った。

「つまるところ刑事コメディー『トミーとマツ』だ。そういうことだろ？　なぁカントクちゃん」

エロ本バカが続けて蒸し返すようなことを言った。

「そういうことかもしれないけれど、そういうことじゃないんだよ」

僕がやや憮然となっていたそのとき、バーチンが口を開いた。

「なぁ皆。僕らの第一作『ロープ』の上映会を覚えているだろう?」

「もちろんさぁ」と皆が言った。

「あれだけシリアスに作っても所詮はバカ受け映画だ。そりゃこんな丸刈りたちが真剣な顔してやりゃなんでも可笑《おか》しいもんだよね」

「そりゃそうだよぉ」と皆が言う。

「でも僕らは正直言ってそれがちょっと悔しかった。なぜか?」

むむぅ……皆は真剣な顔つきになった。

「だって僕らの方は真剣だからさ。真剣に映画を作っていた僕らが笑われるなんて納得いかないだろう。違うか?」

むむむぅ……皆はさらに真剣な顔つきになった。

「なるほど。だから今回はその裏をかく作戦にしたわけだ。そうなんだな?」

ミツルが静かに解析するかのように言った。そんなミツルの一言をバーチンは実にうまく拾って話を続けた。

「その通り! ミツルが言ってくれたように、つまりこれは逆転の発想なんだよ。どうせ笑われるんなら思いっきりハチャメチャにやってやろうぜってね。次回は確実に観客も増える。笑いは連鎖だ。雰囲気に飲み込まれて、きっと会場はまた爆笑の渦になること間違いない。だったら最初から狙ってやってやろうぜってことさ」

なるほどねぇ、と皆うんうん頷きながらようやく理解したようだった。

なんだよ。なんでプロデューサーの言うことはしっかり聞くんだ？　なんだか僕は釈然としない。

「でも、だからといって、ただのハチャメチャにはしないぜ。シダくんが監督である限りそれだけは御法度《ごはっと》だ。あくまでも監督、志田一穂作品として成立させるべく、撮影は前回以上にコダワリを持って挑むつもりでいるから覚悟してほしい」

そりゃそうだ、そりゃそうだよぉ、と皆さらにうんうんと頷きながら納得したようだった。

いやいや、なんでそんなにプロデューサーには従順なんだ。なんとなくやっぱり僕は釈然としないままだが、なんとなくこの場は丸く納まったようだ。

皆脚本を読み返し、このシーンは笑えるなとか、こっちはかなり激しいアクションだから盛り上がるぞとか、すっかりバーチンPの一声に丸め込まれている。「随分と空気も変わるもんだまったく」と渋りながらも、しかしこうして多くの関係者をまとめていくってのがプロデューサー業というのなら、「やっぱり自分はそういうの無理だな、クリエイティヴな感じだからな」とぐるぐる思ったりしたのだった。

そんなわけで僕らの二作目は、こうしてなんとなく進み始めた。「孤独のスナイパー」と改題した僕の脚本の表紙も、早速手垢で汚れてきている。クランクインは二週間後となった。


8ミリフィルムカメラをはじめて手にして、こんなおもちゃみたいなものでホントに映画が撮れるのだろうかと思った。

撮影担当の良太郎と銀太、そして僕とバーチンPの四人は、放課後の職員室で機材を渡され、相当不安になった。学生時代に自主製作映画を作っていた経験があるという四角い顔の新米数学教師、通称ヤンソバがなんだか偉そうに機材の説明をしてくれた。

ちなみにどうでもいい話だが、ヤンソバというあだ名は四角い顔がペヤングソースやきそばのカタチにそっくりだから略してヤンソバと付けられたのだった。

「フィルムだからね。ビデオみたいにテレビですぐ見られるわけじゃないからね。シダ、お前ビデオでなんか作ったんだって？　まぁビデオ作品を映画って言ってしまう時点で、ちょっと先生の世代はイヤイヤイヤ〜って思っちゃうけどな。やっぱり歴代の監督たちってのも最初は8ミリフィルムでだな……」

「先生、それからこれどうするの？　フィルムはどうやって入れるの？」

「お、おぉ。フィルムはこうして装填してだな。これでシャッターを押せば基本的に撮影開始だ。だからってそれで映画が撮れると思ったら大間違いだぞ。映画ってのはな、光と影の集合芸術だからな。あれ良かったなぁ、『市民ケーン』。先生、あれ学生時代に名画座で観て感動しちゃってな。冒頭のシーンで、いきなりこう……」

「先生、それから撮影するとき何に注意するの？　やっぱ三脚はいるの？」

「お、おぉ。三脚は必須だな。水平とって撮らなきゃダメだ。でもな、一番重要なのは露出設定だぞ。これ間違えると光が足りなくて真っ黒に写っちゃったり、逆に光が多すぎると真っ白になっちゃうから。まぁそういうのも逆に効果的な場合もあるんだけどな。実験映画なんて言ってな。アリっちゃあアリなんだぞ。あのな、ヌーヴェルバーグっていうフランスの連中がな……」

ちっとも前に進まない。説明してくれるのは助かるが、ケーンとかバーグとかの話はいらないのだ。

「あ、それからな。これサイレント・カメラだから。スーパー8な。シングル8より色味イイやつな。これ、アフレコで音入れしないとダメだから。映写機でフィルムを上映しながら、マイク繋げて、セリフとか音楽とかを録音していくんだ。昔はなぁ、映画ってのはすべてがサイレント映画でな。スクリーンの横で楽団が映画にあわせて演奏をなぁ……」

機材をもらって教室に帰ってきた僕らに、待っていた丸刈り映画チームが驚いて聞いてきた。

「え、ヤンソバが？」

「あんなに映画好きだとは思わなかったよ。いつも四角い顔でぼそぼそと話しながらでしか授業してないのに、物凄い勢いでよくわからない映画の説明始めちゃってさ」

既に校内では僕らが次の作品を文化祭で上映するという情報が蔓延していて、それは教師陣のあいだにも話題になっていたらしく、さしずめここぞとばかりにヤンソバがイイとこ見せようとしゃしゃり出てきたのがオチだろう、と僕は答えた。

「光が足りないと映らないとか言ってたよな。まぁ失敗したら撮り直せばいいじゃんなぁ」

銀太が気楽にそう呟いた。

「あー、またビデオみたいに。NG集が増えると楽しいよねぇ」

キクカワがノンキに言った。

「いや、今回は上映日が決まっているから、そうそうリテイクを出している暇がないんだ。だからしっかりとテストして失敗しないよう勉強しとかなきゃな」

良太郎が真剣に銀太とキクカワに諭した。

良太郎はすっかり撮影カメラマン気質となっている。なんだかこういう風景はカッコイイぞ。我らの映画チームのやる気と結束はかなり固くなってきているのだ。良太郎に任せておけば、撮影のことは心配すまい、と思った。

しかし、問題はアフレコってやつだ。まったくどこまでアナログな機械なんだ。なんで八〇年代真っ只中の革新的ビデオ機材が手中にあるのに、三分しかないフィルムに音も録れないような大昔の機材を使わなければならないのかよ、と根本的な疑問に戻ってしまった。

本当に歴代の名監督たちはこんなオモチャで自主製作映画とかいう作品を作っていたのだろうか？　申し訳ないが僕はこんなオモチャカメラなど回せないぞ、と思っていたら、良太郎が言った。

「でも、これでやっとホントの映画が作れるってワケだ。なにしろフィルムなんだから、なぁシダ」

むむむぅ……結局のところこのムービーフィルムという魅力には勝てないのか。これだけの面倒なプロセスを踏まないと、あの暗闇の中の映画館の感動とやらは再現できないわけだから、仕方がないのだなぁ、と思い直した。

僕らはカメラとフィルム、編集時にフィルムを切り張りするためのスプライサーという機材、そしてバカでかい映写機を教師に借り受け、教室の鍵付きロッカーに保管して管理することにした。これで僕らの教室がスタッフルームになった。何気に少しずつ、緊張感が漲《みなぎ》ってきていた。

ある町で謎の殺人事件が起こる。
担当となったベテラン刑事の新田と新米の前沢。
新田はその残虐な殺しの手口を見て、数年前に自分が担当した事件を思い出す。
これは、あのときと同じだ……。
しかし、そのときの犯人である服部は、自分が正統防衛の末、射殺しているはず。
そんな不思議に思う新田に、不審な電話が入る。
「復讐の始まりだ」
新米前沢は落ち着きのない新田を心配しながら、
事件の謎を着々と追求していく。
さらに挑戦状とも取れる同じ手口の殺人事件が次々に勃発。
いよいよ新田はかつての服部との関連を感じ始めていく。

やがて前沢がその謎をつきとめた。
服部には双子の弟がいたのだ！
正統防衛とはいえ刑事に殺された兄の無念をはらすため、
新田への復讐殺人に挑んでいたのだった。
その真実を知った前沢さえも餌食に……！
新田はついに覚悟を決め、服部との一対一の対決に挑むのだった……。

アキラの書いてきたストーリーはざっとこんな感じだった。

キャスティングは、シダ組の常連俳優たちを念頭に置いて書いた、というアキラの思惑が珍しくマッチしていたので、ほぼ想定通りに収まった。

主人公であるベテラン刑事、新田にジョー。新米刑事の前沢はシキちゃんという、前作に続く黄金コンビ。そして凶悪の殺し屋、服部には、双子という設定なのでミツルが一人二役に挑む、という具合で、実にほぼ前作のメインキャスト再登板に落ち着いたのだ。

「また主演か。これはオレの自分の人生の中で、一体何を意味しているのか……」

ジョーが珍しく遠くを見つめながら呟いた。

「心理学者から孤高の殺し屋……。将来は個性派俳優になるしかない」

ミツルもすっかり役者然とした言い方で、口元に笑みを浮かべた。

「途中で巻き込まれて犠牲になるなんて、美学じゃない？　ボク的だよね？」

シキちゃんがナルシシズム全開で囁《ささや》いた。

実際、前作「ロープ」の上映の余波を受け、学内での三人の人気は急上昇したことは否定できない。何しろ見た目は丸刈りでも、しっかりと演技をこなした映画スターたちなのだ。後輩の女子たちなどから、そのバイタリティーも含めて憧れの的になるのは全然フツウの現象だった。

今回の映画で彼らはついに銀幕デビュー、つまりスクリーン・デビューを果たすわけだから、さらに大ブレイクすることは間違いないだろう。きっと、「スター・ウォーズ」で一発当てただけと思っていたら、「レイダース」でまさかの再人気を獲得したハリソン・フォードぐらいの強烈な印象があるに違いない。香港カンフーしかやってなかったジャッキーが、突如としてハリウッド映画の「バトル・クリーク・ブロー」に出演するぐらいの強烈な印象があるに違いないのだ。

そのほかのキャストに関しては、デカ長、いわゆるボス役にエロ本ビリー。周辺刑事たちにキクカワとエージ、そしてヤマケンら毎度の連中をフレキシブルに配し、今回も彼らに照明スタッフ兼務をお願いすることにした。

警察署内のボスというオイシイ役をビリーに託したのは、我ながら絶妙なキャスティングだと思っていた。まぁこれには例の高田情報のお礼という件も多少は影響している。が、実のところ、前作であれだけ痛めつけられ、それどころか冒頭シーンで御陀仏という最悪な役回りを演じたヤツが、今回は逆に一番偉い役、要するに「太陽にほえろ！」でいえば、石原裕次郎の役を演じるということになる。こういう遊び心がなかなかギャップを感じさせて面白いだろうと、バーチンとゲラゲラ笑いながら決定させたのだった。なにしろビリーは普段からどこかフツウじゃないリズムと感覚を持っているヤツなので、これからいろんな役をやらせて名バイプレイヤーにしていくと面白いだろう、なんてこともバーチンと企んでいた。当の本人は「やっとオレの役者としての価値を理解したようじゃないか」と意味不明なことを言っているのだが。

そんな訳でなんだか役割分担も踏襲され、僕らは再び、すっかり本格的な映画チームに戻っていたのだ。

あるとき、皆が下校したあと、僕とバーチンは教室に残ってあれこれと新作の在り方の構想を喋り捲っていた。するとバーチンが何かを思いついたようだった。

「こうなったら何かチーム名を考えた方がカッコイイね」

「チーム名?」

プロデューサーらしくまたワクワクするようなことをバーチンが言った。

「映画製作プロダクション名だよ。コッポラだったらゾーエトロープ。スター・ウォーズだったら」

「ルーカス・フィルム!」

僕は思わず叫んでしまった。そうか。僕らの映画チーム名か。これは燃えるぞ。映画の冒頭にその名前がドーンと出るわけだ。燦然とババーンと輝くわけだ。ヒッチコックだったらユニバーサル、ジーン・ケリーだったらMGMの吠えるライオン、ジャッキーだったらデンデンデンデンデンのゴールデンハーベストってわけだ。

「僕は結構ワーナー・ブラザースとか、シンプルなのが好きなんだけどね」

バーチンもニヤニヤしながらいろいろ考えているようだった。それは最後のクレジットを作るときに間に合えばよかったので、バーチンと僕とで候補を考え、互いに出し合おうということになった。

そんな僕らのやりとりを、教室の隅でひそやかに聞いていたやつがいた。堂島だった。

彼と僕は小学校の頃からずっと同じクラスだったが、彼のもの静かな性格もあり、なかなか打ち解ける機会もなく今日まで過ごしてきていた。そんな彼がやはり静かに近づいてきて、僕らに話しかけてきたのだ。

「シ、シダくん」

「ん、堂島か」

「う、うん」

「どうかした？」

「あ、あの……もし良ければその……僕も映画のチームに」

「お？」

思いがけない彼の言葉だった。なんだか一所懸命話しかけてくるので真意はすぐに理解できた。

「おぉ、ぜひ協力してくれよ。な、バーチン」

言ってみればクラスの中ではかなり引っ込み思案の堂島だ。彼が接触してきたことは、とてもいいことだと直感してくれて、バーチンもすぐに同意してくれた。

「もちろんさ。堂島くん、美術とか得意だから映画の小道具とか、それこそ美術系を担当してもらったらいいよ、絶対」

「いいね。堂島、美術担当。どう？」

「あ、美術とか……。いいの？　だってシダくん、美術部……」

「へ？」

何を言い出すかと思えばだ。そうだ。自分は美術部員だった。そういえば陸上部も掛け持ちしていたぞ。すっかり映画作りモードに入って部活のことなど、まるっきりどこかへ行ってしまっていた。

「い、いや、オレは監督だから。美術部とかいったって映画の美術まで兼任は難しいから。それより堂島が担当してくれた方が絶対イイって。理由はよくわからないけど、それがイイんだ」

堂島は満面の笑みを浮かべてうんうんと頷いた。

「わかった。やるよ、やる、なんでもやるよ。映画作るなんてスゴイことだ。ぜひやらせてよ」

僕らは笑顔になって堂島を迎え入れた。映画の力はスゴイ。人と人を繋げる魔法すら持っているのだ。


準備期間はあっという間に過ぎていった。

本来だと中学三年の二学期ともなれば受験勉強ラストスパートの時期である。しかし、僕らは映画製作に没頭していた。ロケハンをしていきながら、ここだと決めたら同時に撮影の許可も取りつつ、その場にあった場面として、シナリオも推敲《すいこう》し続けた。

キャストたちは隣町のオシャレな柏に行って衣装を自腹で用意し始めていた。

良太郎たち撮影チームはカメラテストと題して実際にフィルムを回し、それに合わせて放課後と日曜日を利用して、どれだけ段取りよく撮影ができて、現像に出せるかのスケジュール組みにも余念がなかった。

計算すると最低まるまる五日間は撮影に必要だった。放課後を利用することにより、土曜日スタートの翌日曜日終了という、二週間の詰め込みスケジュールをバーチンPは打ちたてた。平日は放課後に一シーン、土曜日は午後から夜にかけて五シーン目標。そして日曜日は一日フル稼働で十シーン以上を目指すのだ。

「どうしてこんな長期間かというと、フィルム現像のあがりに結構時間がかかるからなんだ」

バーチンPはかなり真剣な顔つきでそう言った。

なるほど早く撮ればいいってことではないのだなと思った。バーチンはそのタイムラグを解消するために、既に町のカメラ屋へと赴き、現像日程をチェックしつつ、なんとか中三日かかるところを中二日で現像をお願いできないかとカメラ屋のオヤジにお願いしに行っていた。

そして驚くべきことに、地元の丸刈り少年の熱意に負けたカメラ屋が、その日の夜七時半までにフィルムを持ってきてくれれば、なんとか中一日で現像して、できあがったら学校に連絡も入れてあげよう、とまで言ってくれたらしい。

「そういうわけだから平日の撮影は七時十五分までお願いするよ、監督」

さらにバーチンは教師陣に掛け合って、撮影期間中の校内全域開放と、メインスタッフのみ移動用として自転車使用ＯＫという許可までもらってきた。

「つまりフィルム持ってカメラ屋へチャリンコでブッ飛ばすわけさ」

たった一日で撮り上げた「ロープ」のシダ組としては、あまりにも贅沢な撮影期間だなぁと僕は単純に思っていたが、この余裕を持ったスケジュールのおかげで、実はあとあと命拾いする結果となることをこのときの僕はまだ知らない。

「シダくん、いよいよ来週から撮影だから最後の詰めを今夜やろうよ」

僕もちょっとひとつだけ悩んでいる件があったので、「いいよ」と言って塾の帰りにバーチン宅へ行くことにした。

バーチンの自室ではビデオで「ダーティー・ハリー」が流れていた。

バーチンは何気にクリント・イーストウッドを今回の主人公像のサンプル・ケースとし

て研究しているようだった。「ジョーの声がもう少し高音だったら山田康雄みたいになるのに」と本気でアフレコ代役を考えたりもしていた。そんなバーチンはイーストウッドが44マグナムを発砲しているシーンを何度も巻き戻して観ていた。

「火薬が使えればリアルなガンアクションができるのになぁ」

「効果音をつければなんとなくそれっぽくはなるだろうけど、薬莢《やっきょう》とか煙とかまでリアルにはできないもんな」

拳銃の発砲シーンについてはあと回しにして、僕とバーチンは撮影スケジュールの整理をしていった。どうしても段取り的に時間的制約があるところは、思いきってカットしていき、別シーンにそれらを盛り込んで補完していくという大胆な作業だ。

そして、その提案のすべてはバーチンからで、僕は内容的にそれがクオリティーに影響するかどうかを瞬時にジャッジしていくだけだった。

「火曜日は根戸の森のロケだけど、このシーン一時間じゃ撮れないと思うんだ。だからシーン8にこの部分をスライドさせて室内撮影に振ろうと思うんだけどイイ?」

「イイでーす」

「じゃ次。木曜日はキクカワとエージが塾なんだ。終わるのを待っていると八時になっちゃうからこのシーンの刑事はヤマケンだけでいい?」

「イイでーす」

「例えば代わりにビリーを出すのはどう？　若手たちが弱気になっているところをボスに喝を入れてもらって締めさせよう。ビリーは塾が金曜だから大丈夫」

「それもイイでーす……って、ビリーが塾ってことはオレもか？」

「あ、そうだね。シダくん、金曜はダメか」

「いえ、撮影優先。イイでーす」

どうも瞬時にジャッジ、という表現がいまいち似合わないような監督の対応だが、まぁこれでも頭ん中ではきちんと考えながら返事をしているのだ。塾というより、私服の高田に会えないことだけが残念でしかなかったのだが。

「じゃ次。最後の日曜日に唯一のモブシーン（群衆シーン）を撮るでしょ。このときのエキストラはクラスの連中を総動員させようと思っているんだけど、イメージは何人くらい？」

「あ……それね」

僕はちょっと静止してしまった。

そのシーンで、僕はややフシダラなことを考えていたのだ。悩んでいた件と言ったら大袈裟なのだが、それがコレのことだった。

「あー、イメージというかねぇ。何人というよりかは、あのぉ、ようするに絵的にねぇ……」

「うん」

「ずっとあのぉ、丸刈りばっかりだからねぇ、例えば、そのぉ」

「うん」

「広がりを出すために何かこう、女性というか女子というかをねぇ、絵的に投入させるというか参入させるというかねぇ……」

「うんうん」

「すると、きっと映画的な奥深さというかなんというかさぁ、そういうの、出てくるかなぁ、じゃない？」

最後はなんだかよくわからない言い回しになってしまったが、つまりはそういうことである。

「うん、だからクラス連中に協力してもらおうと思ってさ」

「お、おぉ」

「既にヤマケンが男子十人を手配してくれたのと、ビリーがカオリたちのグループ六人に声をかけてくれてＯＫをもらったんだ。計十六人でそのうち六人が女子。どう？　イメージ的に。その広がりとかは出せるかな」

　バーチンPには言うまでもなく感謝を。ガキだと思っていたヤマケンには盛大な拍手を。そして、誰よりも秋田カオリグループの巻き込み成功という偉業を果たしたエロ本ビリー様には、熱い抱擁と生協の缶サイダー十年分を贈呈したいくらい僕は嬉しくなっていた。

　秋田のグループ六名といえば、確実にその中に高田明日香が入っているのは間違いない。僕は頭の中でグループ連中の顔を思い浮かべながら正確に数え、よし高田もいる、入っている、と再確認した。

　あぁ！　ついに高田が僕の現場に足を踏み入れるときがやってきたのだ。

　これは大変なことだ。絶対にカッコワルイところは見せられない。撮影していく中で、その日は一番緊張漲る現場になる。はじめて映画製作に興奮を感じたといっても過言ではない。それにしてもあのエロ本野郎、まったくもってしてニクイことをしてくれやがる。

「じゃ次。それでシダくんが悩んでいることは？」

「え？　あぁ、もう解決された。バーチンの素晴らしい段取りのおかげで」

「そうなの？　根戸の森？　キクカワたちの件？」

「いやいや……あの、もぶもぶの件」

「だろう？　やっぱりあの現場検証のモブシーンは人だかりがあって人数多くしとかな

いとカッコつかないもんねぇ」

まさかそこに自分が片想いしている女の子を参加させたいがためにクラス連中に協力をお願いしてどさくさに紛れてその子も呼んでオレ様の監督である勇姿を見せつけたいのでこの群集シーンには必ず女の子たちがいないとダメだからバーチン頼むよ、と、一気にアカラサマに正直にはカッコ悪すぎて言えないので、結果的にすべて丸く収まったから、これ以上ボロが出ないようにしようと思った。

「そうそう。やっぱり自主映画とはいえ、そういう絵作りにはネ。ちゃんと日常を描いてこそリアリティーだからネ。そこで男女であればネ。確実に奥行きがネ」

「ふんふん」

「だってメインキャストが全員マルガリータばっかりだからさ」

「だよね、むさくるしい。あはははは」

「あはははは」

すべては解決した。そしてすべての段取りが整った。

いよいよクランクインだ。自分史上最大の映画製作に、いよいよ乗り込むときがやってきたのだ。

第七章

何しろ受験勉強どころではなかった。

僕らは土曜日の午前授業が終わるとすぐさま校内を駆け回って撮影準備を始めた。映画作りに関わらない連中は受験生らしく、部活も終えて塾に行くか帰宅して勉強するかだが、そのどちらでもない僕らの動きは一種異様だった。

クランクインは理科室の準備室をセット変えして警察署内に見せ、刑事たちが捜査報告をするシーンの撮影からだったため、スタッフたちは美術担当の堂島の指示で黒板や机を配置し直し、現場地図や報告書などの細かい小道具を手分けして持ちながら、校内の階段を行ったり来たりした。

役者陣たちはどこで衣装に着替えれば良いのか、自分の教室で着替えたところで、移動するとき衣装姿だと恥ずかしいのでどうするどうすると右往左往していた。

撮影チームはカメラと三脚とライトを丁寧にロッカーから取り出し、粛々と現場へ向かうのが印象的だった。

結局、誰もいなくなった教室でササっと衣装に着替えた役者陣は、準備ができるまで待機するしかなく、いわゆる出番待ちというう状況に結果的になった。

そんな姿を後輩女子たち、つまり彼らのファンたちが見つけ、教室の窓の隙間からキャーキャー言いながら覗き見していた。まんざらでもないノリになっていたシキちゃんやミツルは、そのうち「ADってのがオレたちを呼びに来るんだよな。出番です、お願いいたします！　とか言ってさ」などと調子に乗って笑っていたが、やがて飛び込んできたのはバーチンで、「なにくつろいでんの。早く現場へきてよ。始めるよっ！」と怒鳴られたのだった。


美術担当、堂島のセットの作り込みはなかなかのものだった。役者たちが現場に入ると、その本格的に作り込まれた警察署内的ロケセットを見て、おぉーと驚嘆した。後輩女子たちもくっついてきて現場に入ってきそうになったので、素早くドアは閉められた。

やれやれといった表情で、バーチンがいつものようにカチンコを持って皆に声をかけた。

「ふぅ。では皆、ついに記念すべき我々の映画第二弾『孤独のスナイパー（仮）』のクランクインを迎えることとなりました。今日まで本当に準備お疲れさまでした。そして今日から本番、よろしくお願いしまーす！」

「よろしくお願いしまーす！」

なぜかセットの外で大きな拍手が沸き起こった。どうやら廊下に後輩女子たちのほか、野次馬たちもかなり集まっているらしい。

「ジョーやシキの私設ファンクラブ連中か。たいしたもんだ」

良太郎が無表情で呟いた。

「え、なんでオレ入ってないのよ」

ビリーが訝《いぶか》しげに言うと、皆が笑った。まったく関係ない銀太やヤマケンらは、このざわめきにキョロキョロしながら困惑した。そして良太郎がカメラをスタンバイさせながらバーチンに言った。

「そのキップってのはなんだ？」

「キップ？」

思わず僕も口にした。見るとバーチンの持つカチンコに「ＴＥＡＭ　ＫＩＰ」と書いてあるではないか。

「バーチン、ＫＩＰって？」

「まぁ例のプロダクション名の候補だよ。気にしない気にしない」

どうもバーチンはＵＩＰあたりをもじって、自ら考案したプロダクション名を既に書き込んできたらしかった。ユナイテッド・インターナショナル・ピクチャーズでＵＩＰ。じゃ、ＫＩＰはなんだ？

「さぁ時間がない。始めよう」

バーチンに急かされ、僕も全神経を集中させて良太郎がセッティングした絵をファインダーから覗き込み、そのワンカットワンカットを確実にフィルムへ刻み込めるよう、緊張感を増幅させた。

「よし、いくぞ」

僕は出演者たちに声をかけた。ファースト・カットはキクカワら刑事たちが署内で状況報告をするシーンだ。

「よーい、スタート！」

ガーッとフィルムが回り始めた。バーチンのカチンコがカツーンと鳴った。と思ったらカメラを向けられていたキクカワやエージ、ヤマケンといったぼんくら刑事たちはただ呆然と立ち尽くしているのだった。思いのほか長い沈黙に皆呆気《あっけ》に取られ、カメラはただガーッと回り続けるしかなかった。

「カット！」

僕は叫んだ。

「なんだよ？　リハ通り演技しろよ」

「ご、ごめん……。カ、カメラの音にビックリしちゃって」

「き、緊張しすぎてセリフを忘れてしまった……」

ぼんくらマルガリータたちが言った。フィルムが回転する音が気になるだと？　僕は罵《ののし》りたい気持ちを抑え、「今回はフィルムだからネ、こういうものなんだネ、NG出すと使えないし、もったいないから頼むよマジで」と優しく、しかし厳しい顔つきで言った。

どうも拍子抜けさせやがる。既にビデオ世代である僕らにはしょうがないリアクションだが、とにかく撮影は続けるしかないのだ。

「テイク2。よーいスタート！」

僕らは少しずつリズムを取り戻して、次第に現場のテンポを再び掴《つか》んでいった。やがて脚本担当の生徒会長アキラや担任のムネオらも現場見学にやってきた。製作作業は現場にオマカセと言わんばかりに、出資者然として部屋の後方から時々ニヤニヤして傍観されているのがとても不快だったが、いわゆるプロの映画の世界とかもこんな感じなんだろうなとも思った。

そして、いよいよ主役たち、ジョーとシキちゃんの刑事コンビの登場となった。既に時間は夕方となっていた。初日から少し押し気味だが、タイムリミットまでとにかく撮り上げるしかない。まずは署内に戻ってきた二人がボスのところに報告しにくるというシーン。これにはどうしても部屋の外から二人に入ってきてもらわねばならないので、廊下にたむろする彼らのファンたちには、はけてもらわねばならない。いわゆる現場での人払いというやつだ。

「ヤマケン、エージ、ちょっと廊下の連中追っ払ってきてくれ」

「え？　え？　オレが？　いやだよ、なんて言うんだよ」

現場の外、つまり仲間たちの外に出るとあたふたしてしまう典型的反応だ。でも確かに野次馬を散らすのは難しい。さてはてと思っていたらミツルが颯爽と廊下へ出ていった。

「おーい皆、今から撮影するシーンでここがカメラに写っちゃうから、ちょーっと下がってくれるかなぁ」

「はーい！」

野次馬連中はあっさり場を開け、良太郎が覗くファインダーから余計な人物がすべて排除された。

「校内一のスーパースター、ミツルの威力か。たいしたもんだ」

良太郎はまたも一人呟いたのだった。

そこからはたたみかけるように段取り良く現場は進行していった。ジョーとシキちゃんはすっかり名コンビになっていて、かつての「ロープ」の二人の関係性、強気でぐいぐい前に出ていくジョーと、控え目でおとなしいが論理的に状況を見ていくシキちゃんという二人のアンサンブルはここでもぴったりとハマり、主役として映画を牽引していく役目をしっかりと果たしてくれていたようだった。

「ね、先生。このキャスティング。これは僕が脚本書いている段階から彼らを想定して書いていたんですよ。バッチリだなぁ。イメージ通りですよ」

アキラの自画自賛の声が聞こえてきて耳障りだったが、とにかく無視して撮影を進めた。

「次はボスの登場だ。ビリー頼むぞ」

「おぉ」

ビリーは石原裕次郎ということでグレーの三つ揃いスーツとワインレッドのネクタイを用意してキメていた。そしてミツルが「ロープ」のときにかけていたレイバンのサングラスを借りて、それをかけると俄然ボスらしくなった。

「いいね、ビリー」

「似合う似合う、丸刈りだけど」

「ボスじゃなくて大門だ、大門」

様々な賛辞が飛び交いつつ本番となった。大門ビリーが聞き込みから帰ってきた二人を叱責するシーンだ。「よーい、スタート！」とカメラが回ると、皆が驚くほどの鬼気迫る演技を、大門が、いや、ビリーが見せた。

「バカヤロウ！　お前らがだらだらと聞き込みに行っているあいだに、何が起こっていたと思ってやがるんだ！」

僕は目がテンになってしまって、カットの声をかけるのも忘れてしまっていた。なんだ？こいつこんなに演技派だったのか？　あんなに不器用な演技で無様に殺されていたのに、なんなんだ、この変わりようは。僕は、本当によくわからない謎の男だ、ビリーというやつは、と思った。

「か、カーット！　フィルム止めてー」

バーチンが叫んだ。同時に僕も我に返った。

「す、すまんすまん、ＯＫ！　次いこう次」

ビリーはあたふたしている僕を、ニヤリと笑いながら見た。

「見直したか。裕次郎、ビデオで録って研究したんだぜ？　何事も、勉強よ、勉強」

うぐ、というより大門なのに、なんか悔しい……。しかし、とにかく現場を進行させるまでだ。

「よし、カメラ反対側から怒鳴られている刑事二人を撮って今日は終わりだ」

それからの現場の動きは素早かった。

ビリーの気迫というか、本気度が一気に伝染したのか、段取り良く撮影は終了し、バーチンは撮影済みのフィルムを受け取ってダッシュで現像出しに走った。

ドタバタだったが、初日の撮影はなんとかうまくいった。皆のチームワークと気合が見せた完璧な段取りだった。そんな状況に圧倒されたのか、はたまたもはやなんだか割り込む余地なしと諦めたのか、アキラとムネオは僕らに声をかけるでもなく、そそくさと退室していった。

綴りの意味はまだ謎だが、チームＫＩＰの結束を思い知ったか、という気分だった。


翌日の撮影は日曜日なので学校外でのロケがメインだった。

プロの現場、業界用語ではピーカンということをこの頃の僕はまだ知らない。だから晴天。朝九時から公園に集合して、主役である新田と前沢、ジョーとシキちゃんのシーンをメインに次々と撮影し、消化していった。

衣装替えの際、二人が柏で買ってきたというニュー・ウェイブ調な衣装を見て、どう見ても刑事らしからぬファッショナブルなイデタチなので、どうなんだと文句を言ったが、せっかく買ってきたんだし、ファンサービスみたいなもんだからこれでいこうとシキちゃんに説得され、仕方なくそれで撮影に挑んだ。

美術の堂島は前もってアキラから借り受けていたモデルガンも準備していたが、いよいよアクションシーンとなると、同タイプの改造型モデルガンを差し出し、ジョーにそれを持ち替えさせた。堂島はうっすらと笑みを浮かべ、俯《うつむ》き加減にワクワクしながら声をかけてきた。

「シダ監督、次は銃を撃つシーンだよね」

「そうだ」

「こっちの銃は仕込み済みです。だからかなり迫力が出ると思います」

背後ではバーチンもニヤニヤしている。さては堂島にも44マグナムビデオを観せたな、と僕は一瞬真面目な顔になった。

「仕込み？　なんだ、大丈夫かこれ？　爆発しないか？」

ジョーが持ち替えた銃を手にしながらうろたえ始めた。

「監督、例の薬莢の飛び出しとスモークを堂島くんが研究してくれたんだ。バッチリ押さえよう」

「や、やはりダーティー・ハリー……」

ほんのワンカットの絵作りにそんな努力をしてくれていたとは、と僕は感激と恐怖で少し震えた。ジョーはそんな僕の表情を見て、さらにおののいた。

「うまく撮れたら、あとでスローモーションとかにできるのかコレ」と良太郎が聞いてきた。

「いや、フィルムだから事前に倍速撮影しなきゃダメなんだ。あいにくこのカメラにはその機能はない」

「とことんアナログだなぁ、8ミリってのはよ」

ぼやく良太郎がしばし考え、おもむろに三脚からカメラを外した。

「手持ちでわざと画面をブレさせながら撮ると迫力出るんじゃねぇの」

「いいね、良太郎。それで行こう」

のちのちわかっていくことなのだが、案外皆この映画の撮影のために自分なりに調べたり研究したりしてくれていて、前作よりもステップアップできるよう独自の努力を積んでくれていたのだ。

美術の堂島は「ダーティー・ハリー」に限らず、普段観ない刑事ドラマも、親に隠れながらこそこそ観ては、ノートに気づいた点を山ほど書いて分析してくれていたらしい。このシーンの拳銃発砲についても、化学が得意な彼は爆竹から火薬を取り出し、わざわざ根戸の森まで行ってオモチャのピストルで何度もその爆発力のテストを繰り返していたという。本当に感謝しかないが、本当に大丈夫かコレ。

良太郎もそうだ。彼が突然三脚からカメラを外して手持ちで撮るといったのは、テレビのニュース番組を見ていて思いついたことだという。

「報道映像、しかも衝撃映像ってのは、わざわざ足立てて撮ってるものは少ないだろう？ それを観ていて、なんでこんなにドキドキ感とかおっかなびっくり感があるのかなってさ。そうか、手持ちカメラで動きながら撮影してるから、ブレブレでリアルなんだって。だったらアクション映画だし、手持ちの方が雰囲気出るじゃんって考えたんだよ」

良太郎はそう言いながら、わざとブレさせて迫力を出すシーンのタイミングがどこか、随時検討し、狙っていたのだという。その研究熱心な姿勢、これもまた、本当に感謝しかないが、本当に受験生なのかオレたち。

そういえばあの迫力の演技を見せたビリーも、裕次郎の演技を観て演技の勉強したとか言っていたし、なんだ、勉強していないのは僕と、不安そうに銃を構えるジョーだけじゃないか。などと考えていたら、いつしか現場は本番となった。

僕らはできるだけジョーの差し出す銃の前方に近づき、発砲の瞬間の絵を確実に押さえる準備をした。

「いいかジョー、これは君の回想シーンで使われるカットだ。正統防衛だが人を撃ってしまう主人公の複雑な心境を表情に出して、一気にヒキガネを弾くんだ」

「うー。ホントに大丈夫かこれ。怖ぇ」

「覚悟決めて行くぞ。よーい、スタート！」

ババーンッ！

薬莢は素早く吹っ飛び、火薬の煙は必要以上に噴出し、ジョーの表情は人の命の尊さを考える……とは無縁の、ただビックリ仰天した引きつり顔になった。

それは銃の音というより、トラックのバカデカいタイヤが一瞬にしてパンクしたような爆発音だった。日曜日の午前中のうららかな住宅街の公園ということもあって、びっくりした周辺の住人たちが、一斉に「ナニゴトだ！」と飛び出してきてしまった。

「ヒャー大変だぁ」

「ヒャー凄かったぁ」

「ヒャーバッチリ撮ったぜぇ」

皆様々なヒャーを連発しながらこの状況をどうすればいいのかただアタフタした。

「おいなんだ、今の音は？」

「何があったのぉ？」

「そこのお前ら、何してるんだぁ？」

「映画を撮ってまーす」と言っても信用してくれないだろうから、意味もなく「スイマセンスイマセン、お騒がせしましたー」と言って僕らは早々にロケ地からずらかった。

午後は「ロープ」を撮った僕の住んでいるマンション地区で逃走シーンの撮影だった。午前中に塾に行っていたミツルが合流し、犯人である服部と、新田・前沢刑事チームの追走劇である。驚くべきことにこんな休みの日でもミツルのファン、つまり親衛隊が数人、ついて回ってきた。一体そういう感情意識ってのはなんなんだ。たのきんトリオの追っかけみたいなのと同じものなのだろうか。僕は不思議で仕方なかった。

「そういう意味では、僕らが撮っている作品はアイドル映画でもあるんだね」

バーチンが昼飯のおにぎりを頬張りながら言った。休みの日の撮影ということもあって、昼飯どきの撮影を自分の家の近所にしたのは、母に皆のおにぎりを握っておいてもらって、近くで食べられるようにしたからだ。

母は朝早くから、「まだ映画やってるの!? いい加減にしないとぉ……」とぶつぶつ言いながらもたくさんのおにぎりを握ってくれていた。ここでもまた感謝しかないし、おにぎりが最高に美味い。

「ミツルやシキちゃんのファンは映画のせいだけじゃなくて、前からだからなぁ」

僕がおにぎりをがっつきながらそう言うと、ミツルは笑いながら、「そんなんじゃないってぇ」と照れた。

「シキちゃんのファンはさすがに外まで追っかけてこないんだね」

バーチンがそう言うと、シキちゃんは持参したミニポットに入れた紅茶を飲みながら、

「僕はそう言い聞かせているからね」と言った。

「言い聞かせてるって?」

「ファン連中をコントロールしているのか?」

皆がざわつき、シキちゃんはフフンと得意げに話し始めた。

「そういうわけじゃないよ。コントロールなんてとんでもない。なんて言うか、本気度? 僕を慕ってくれている気持ちがホンキすぎる、って言うのかな? 普段周りに群れになってまとわりつくっていうよりも、レター? 手紙の方がね、多いんだよね」

「んー、レター?」

銀太が聞き直さなくてもいいことをぼんやり聞き返した。

「んーふふふ、ラブだよ、ラブ。ラブレタア」

「さ、現場再開」

「準備しよ、準備」

シキちゃんはさらに銀太に自慢話を続けていたが、皆は昼休み終了とばかりに撮影現場へと繰り出していった。


入り組んだマンションの谷間を走りまわるシーンは、日曜日の午後ということで周りには子供と一緒に遊ぶために外へ出てきた家族らがいっぱいいて、まったく緊迫感に欠ける風景だった。

しかも撮影中にその子供たちがやたらとカメラに写りたがって、本番中でも走る丸刈り刑事たちの横にしゃしゃり出てきてしまい、一緒になって全力疾走し始めたり、ギャーギャー言いながらピースピースと絵の中へ入ってきたりして、そのたびにフィルムはムダになり、バーチンや良太郎が怒って子供たちを追い払ったりするのだった。

本来であれば校内でもやった人払い要員が必要なのだが、少人数の撮影隊なので皆で掛け持ちしながら現場を整えていくしかない。そんな人払いに奔走し、「本番！」となるとまた人が溢れかえってしまう。別場所に移動すれば、子供たちも面白がってついてきてしまうので、結局時間だけが無駄に過ぎていき、午後の撮影は労力も重なり、皆へとへとになりつつあった。

スケジュールは当然押していき、陽も傾いてきてしまったが、とにかく撮り続けるしかなかった。予定ではマンションの中での階段を駆け上がったり駆け下りたりのシーンを撮りきらなければならない。これまた思いのほか骨の折れる作業で、どこを撮っても階段は同じような場面だからと、良太郎が絵作りに行き詰まったり、単純に階段の移動が大変だったりで、あっという間に陽は暮れていってしまった。

マンション内なのでその場所は外よりも暗く、ロケだったので照明も使えないため例の露出不足を心配したが、なんとか力づくで撮りきった頃には、もう外が真っ暗になっていた。


さらにこの日は夜間撮影も敢行した。

休日に学校以外のロケをこなしておかないと、平日フォローしきれないのだ。ミツル演じる犯人服部の怪しげなアジトということでビリーの家のガレージを利用したロケだった。

日中部活に精を出していたと思われるビリーが、ぐったりと疲れているにもかかわらず自宅に招いてくれたことにはまたまた感謝しかなかった。しかもロケセットとしてガレージまで提供してくれるとは。ここなら電源も取れるし照明効果もバッチリだった。やっと邪魔の入らない撮影に入ったわけだが、皆一日中駆けずり回って既に憔悴し切っていた。カメラ助手の銀太などは良太郎の見えないところで、「まだ撮んのかよー」とぼやき始めたりする始末だ。どうしても中学生だからまだ集中力が保てない。それはしょうがないことだけど、やりきるしかなかった。

「犯人の隠れ家だけど、ここではまだ服部の顔は出さない。この犯人は一体誰なんだろう？　と観客に思わせなきゃならないから、顔をカットして絵を作るんだ」

「あぁ」

良太郎も疲労困憊でいささかモチベーションが下がってきていた。既にシキちゃんとヤマケンは塾で現場から離れたので、ビリーとバーチンが照明スタッフとしてライトをたいていた。集団心理というものは不思議なもので、小人数になればなるほど現場の雰囲気も気合が薄れてくる。そんな中で堂島は最後まで美術を作り込み、犯人のアジトの雰囲気を醸し出すことに一役買ってくれていた。それだけが救いだった。

しかし残念ながら撮影はダラついた雰囲気のまま、セッティング等に困難を極め、なんとか撮了したのは十一時を回っていた。

さすがに最初はおにぎりの差し入れを持ってきてくれたビリーの母親も、「明日にしなさい」とか、「まだやるの？」とたびたび作業を中断してくれたりしたため、結局ラストは妥協の連続になっていき、監督である僕ははじめて不本意なカタチで撮りきらざるを得ないシーンとなってしまった。

こんなとき、ビリーのお母さんには大変申しわけないが、麗しのソフィー高田が握ったおにぎりだったらどんなにかパワーが漲《みなぎ》っただろうか……とありえないことを勝手に思ったりもしていた。


ビリーの家からの帰り道、僕とバーチンはとぼとぼと歩きながら、やっぱりちょっとスケジュールを詰め込みすぎたかぁ、と反省した。

「でも肝になるところは押さえたじゃないか。シダくんは現場でよく判断しながらやったよ」

「しかし、人はそれを妥協と言うのではないのか、バーチンよ」

「まぁそういう言い方もあるかもだけど、不思議とさ、観客は元の台本がどうなっているのかわからないから、よほど都合のいい展開になってなければ気づくわけないと思わない？」

「まあね。ナレーションとかで一気に飛ばしちゃったりするシーン、あるもんな。ってそうやって映画に対して失礼なことはなかなかできないぜ？　しっかり撮りたいよ。あービデオだったらもっとサクサクやれたのになー」

「それを言っちゃあねぇ」

うしろから美術道具を山盛り担いでついてくる堂島が、そんな僕らの話を聞いて、話しかけてきた。

「二人とも、そんなにいろいろな映画を観ているの？」

「え？」

「今までどれぐらい映画を観たの？　いつぐらいからそんなに観ているの？」

「えー？」

唐突な質問に、バーチンも僕もキョトンとしてしまった。

「ば、バーチンははじめて観た映画はなんだい。オレは……父親に連れられて観に行った『ジョーズ』かなぁ」

「『ジョーズ』、あのサメの？　いくつのとき？」

堂島が食らいついてきた。こいつは一体何にそんなに反応して興奮しているんだ。

「あれは……そう、まだ幼稚園のときさ。我孫子に引っ越してくる前だよ。周りの友達たちも皆観に行っててさ、怖かった怖かったって。だから自分も怖いの観たいって親にせがんだんだよ」

「へぇぇ、そんな小さいときから映画を観ているのか。馬場くんは？」

「僕は映画館に行き始めたのはもっとあとだよ。もっぱらテレビ。うちは親が共働きだし、小遣いためて一人で観に行ってたね。だから最初に映画館で観たのは、ついこないだの『ミッドナイト・クロス』かな」

バーチンのそんな話ははじめて聞いた。そうか。だからいつもバーチンの家には遅い時間まで誰もいなかったのか。

「その映画は知らないな。面白いの？」

堂島は尚も興味津々で聞いてきた。

そういう堂島のことだって、僕は何も知らない。小学校からの同級生なのにだ。

「堂島は何が好きなんだよ。映画、どんなのが好きなんだ？」

そう聞くと、堂島は目を大きく開けて、ぶんぶんと首を横に振った。

「え、なに？」

「どうしたの堂島くん」

少しの沈黙のあと、堂島は笑顔になって話し始めた。

「僕は、映画館に行ったことがないんだ。学校でたまにやる教育映画。あれぐらいしか映画ってのは観たことはないんだよね」

なんだか変なことを聞いてしまったのだろうかと、僕はちょっと顔をしかめた。

「テレビもね、基本的に家ではニュースしか観ない。というか、そのときしかテレビはつけちゃダメなんだ。だから、テレビでやってる映画も知らないし、映画の面白さってのがまだわかっていないんだ」

なんとなく状況は把握できた。厳しいしつけの家庭なんだと思った。テレビですらそんなんだったら、映画館なんてもってのほかだ。

堂島は、だから興味津々に映画のことを聞いてきたのだ。

「クランクインから本当に楽しくてさ、映画がどういうものなのかわかってないんだけど、でも二人が作った脚本とか、二人が皆に指示しているのを聞いていたら、そうか、映画ってこうやって作られていって、こんなシーンが積み重なって作られていくんだって。演劇の舞台をもっと現実的に表現して、いろんな角度からその情景を撮っていくことで物語を演出していくんだなって。わからないだけに、物凄く楽しいんだよね」

僕は、映画を知らない堂島にとっては、この作品がはじめての映画ということになるのか、と思った。はじめての映画なのに、その映画の作り手になるってことは、それはそれで凄いことだな、とも。

映画は凄い。それぞれの人生も些細《ささい》に絡めてきて、思わぬ着地を招くようなこともする。

そう思うと、なんだか疲れてへこたれている場合ではないなと思った。撮影は続くのだ、と思った。

第八章

寝不足のままの登校だった。

ただでさえ月曜日というやつは心身共にけだるいものだが、今はそれに輪をかけて映画作りに対する様々な思いや悩みや葛藤が思考錯誤していて、そのしんどさはもはやピークに達していた。

それと、フィルム撮影についての不安が、思いのほか大きいものなのだなとも実感していた。フィルムは現像されてくるまでちゃんと撮影されているかわからない。単純なことだが、当然のことだ。ピントはあっているか、狙い通りしっかり撮れているか。それらを繋いで、果たして映画としてしっかり観てもらえるようなものにできるのだろうか？

すぐさま出るわけのない結論に対して考えることは不健康極まりないが、どうも自分にはそういうことを考えまくって、ぐるぐるしてしまう癖があるようだ。この機会に、そんな余計なことまで発見してしまった。

ぼんやりしながら通学路を歩き、アクビをしながら校門に近づくと、腕組みをしてニヤニヤしているンタマが待ち受けていた。

ゲッ、よりによってこいつが週番かよ、僕は顔をしかめた。

「おはよう志田。どう、部活をさぼってまで精を出してる映画作りははかどってる?」

どうしてこのオバはんはいつもこういう嫌味しか言えないんだ。こういうババアは何か公的に取り締まれないものなのか。人を丸刈りにまでして、校則もがんじがらめで、さらに誹謗中傷《ひぼうちゅうしょう》までしてくるこのオトナってのは、既に犯罪レベルじゃないかよ、と僕は思った。だから言葉の暴力には断固黙秘で反抗する。僕はンタマをギッと睨みつけつつ、挨拶もせずに通り過ぎた。

するとンタマが僕の背中に向かって叫んできた。

「ミツルまで巻き込んでるんだから、さっさと終わらせてちょうだいよ。推薦スべったらあんた責任とれないでしょ?」

ミツルの推薦?

僕は立ち止まって振り返り、まだ少し寝ボケまなこだった目を大きくあけて振り返り、ンタマを睨んだ。

「どういう意味ですか？」

「そういう意味でしょ」

何かよくわからない怒りが一気に込み上げてきた。

「そんなこと言うの、ちょっと違いませんか？」

「じゃどう言えばいいか、教えてくんない？」

猛烈に頭にきた。表現活動に全神経を集中させている映画監督の僕にとって、こいつは圧倒的に邪魔な存在だった。


教室に入るとクラスの数人たちの中にムネオがいた。ホームルーム前にいるとは珍しいなと思ったら、どうやら僕を待っていたらしかった。なんだかイヤな一週間の始まりのようで、急速に胃がキュルルと痛んだ
「おぉ志田。ちょっときてくれや」

ほら、やっぱり。いきなりの呼び出しだ。

教室のうしろの方でバーチンとビリーが心配そうな顔をして僕を見ているのがわかった。

高田は、まだ登校してきていないようだった。

僕は教室の隣の技術科教室に連れていかれ、「まぁ座れ」と言われて誰もいない広い教

室のイスに座った。間違いなく、映画作りについてなんらかのお小言だろう。

「映画、頑張ってるようだな」

「はい」

「連日か？　撮影」

「はい」

「日曜日まで返上して撮ってんのか？」

「はい」

「平日だけじゃ、できないのか？」

「はい」

一体どの件で怒られるのだろうと考えていた。

火薬の件で住民から通報があったか。マンション地区の撮影で苦情がきたか。それとも誰かの保護者からクレームが？　あ、ミツルの推薦の件か……。

「何はともあれ無理しない程度に頑張ってみろ。基本的には応援してるからな。斉藤先生もだ」

「斉藤先生？」

美術部の顧問の斉藤先生。あっちにもずいぶん顔を出していないなと思い出した。

「そうだよ。ほれ、これ見ておけ。斉藤先生が取り寄せてくれたぞ」

大きな茶封筒だった。表には、土浦日本大学高等高校と書いてあった。

「何ですか、これ」

「何ですかってお前。ツチニチの、日大付属校の願書と資料だよ」

「で、何ですか？」

「で何ですかってお前、日大にあるだろうが。お前の行きたいような学部が」

「僕の行きたいとこってどこですか？」

「どこですかってお前、お前の行きたいとこはこういうとこじゃねぇのかよ」

ムネオはややイライラしながら封筒から資料を出し、とあるページを指差した。そこには、日大芸術学部映画学科とあった。

「推薦なんてハナっから無理だぞ。お前の偏差値全然ダメだからな。でも付属高校なんだから、受けてみる価値はあるだろう」

なんだかよくわからなかったが、つまりは僕の即席進路面談だったわけだ。

しかし、また進路か。僕の将来のことならほっといてほしい。面倒くさいにもほどがある。だけどかつての顧問、斉藤先生の気遣いだけはとてつもなく嬉しかった。

と思ったらチャイムがなった。ムネオはそういうことだと言って教室を出て行こうとしたが、すぐに立ち止まって振り向きざまに言った。

「あと堂島だがな、今日から映画作りには参加できなくなった。受験勉強を優先させたいそうだ。こればかりは仕方がない。お前ら堂島の分まで頑張ってやってみろ。な」

ムネオが僕にきちんと伝えなくてはならないことはそのことだった、ということがやっとわかった。あの堂島が自分からやめると言い出すわけがないことぐらいちゃんと理解していた。僕は余計な質問をせずに、はいと一言答えた。そして僕はさらにムネオを呼びとめた。

「あの、ミツルは推薦どこか受けるんですか」

「あ？　おぉそれがどうした」

「推薦って試験早いんですよね」

「うむ、確か年末だな。なんだ、お前、ミツルの心配するより自分の心配せんか」

僕は何も言えなくなってしまった。自分のことは自分でどうにかするしかない。でもやっぱり映画のせいで、多くの友達に迷惑をかけることだけはできないと思い始めた。

「あいつはな、既に自分で報告しにきてるよ。映画はやりたいから絶対やるってな。それで推薦ダメだったらもともと実力がなかったってことだからまったく気にしないってよ」

そんなバカな。あいつの一生の問題をこんな8ミリ映画で台なしにするわけにはいかない。

「まぁそういう気持ちを持つってのはさ、推薦の面接とかで強いんだよ。ミツルは大丈夫だ。二年半陸上で賞をとりまくってきた実績もある。さらにそこに文化祭の映画製作に参加して学内を盛り上げる、なんていう活躍までしているんだ。そんなヤツ、今なかなかいないだろう」

人のことは人のこと、自分のことをしっかり考えるんだ。ムネオは最後にそう言って、教室へと去って行った。


ホームルームのあいだ、僕はこの学校にきて、一年生で美術部に入部したときの、斉藤先生の喜ぶ姿を、なんとなく思い出していた。

中学生という年ごろにとって、いきなり授業が「図画工作」から「美術」といわれてもピンとはこないものだ。むしろ「技術」という教科で、モノツクリの手習いみたいなことをしている方が楽しいような年代だから、そちらの方が生徒らには人気があった。美術の授業は静かに絵を描く時間だったので、落ち着きのない連中がお喋りしたりふざけてばかりいた。斉藤先生はそんな劣悪な授業時間にいつも辟易していた。そんなところに美術部に入部しますと僕がやってきたものだから、先生の喜びもひとしおだったのだろう。ちなみに美術部には僕を入れて三人しか部員がおらず、ほかの二人もほとんど幽霊部員だったが、僕は意地になって運動部への参加を拒否していた手前、どんな環境であっても構わず受け入れた。そしてそれからの一年半はとにかく絵を描き、絵画の歴史を勉強させてもらったりで、ある意味、美術部在籍へのこだわりに満ちた日々だったし、それはそれで充実していたのだ。

斉藤先生は美大出身で展覧会なども開いていた人なので、よく美術展などのチケットをくれたりして、休みの日には映画を観に行ったあとに美術館巡りもさせてもらった。斉藤先生にその美術展の話や、そのときに観た映画の話もよくしたっけ、と思い出した。映画を作り始めた僕のことを、斉藤先生もどこかで耳にしたのだろう。突然陸上部で走ると言って掛け持ちを許してくれたにもかかわらず、そちらも美術部もそっちのけで今度は映画か、と呆れているだろうなと頭の片隅で思っていたら、こんな資料を用意してくれていたとは、だ。

複雑な思いで胸が痛かった。映画は、映画ってやつはなんともてこずる。さまざまな案件がまとわりついてきて、作り手の道をこんなにも阻む、試練のカタマリみたいなものなのだ。

その日はそのあとずっと胃が痛み続けた。

授業の内容もほとんど頭に入らず、というかそもそも授業なんてこれっぽっちも受け入れてないのだが、よもや映画のことすら考えるのも億劫になってきていたから困ったものだった。

連日のハードな撮影スケジュールがストレスになっていることも間違いないが、ンタマやムネオや堂島やミツルや斉藤先生らのことを考えると、余計頭の中がおかしくなっていった。当然、自分のこれからのことも考えないわけでもないが、そうすると余計胃がスクリューを回すように痛くなってくる。気持ちが、混乱していた。

すると、机の隅に小さな回覧板が届いた。回覧板とは小さなメモ紙が折りたたまれたもので、授業中ひっきりなしに飛び交う秘密のお手紙のことだ。メモを開けるとそれはバーチンからだった。

〈いよいよ本日一発目の現像ピックアップです！　カメラ屋から連絡が入りました。早めに現場離脱して取ってくるのでよろしく！〉

メモの文面からバーチンの気合が伝わってくる。申し訳ないが今の僕にはこのパワーに並走する気力が湧いてこない。そうだ、現像のあがりの心配もあった。ちゃんと撮れているかなぁ、ピントあっているかなぁ、とまたまたぐるぐる回り始めてしまった。

と、目をパチクリしていると、今度はうしろななめからもメモが飛んできた。「誰だ？」と振り返ると、なんとそのメモを投げてきたのは高田明日香だった。高田が僕を見て、少し笑みを浮かべながら、そのメモをひょいひょいと指さしていた。

え？　え？　高田が、僕に、そのメモを見て、と言っている……？

世界が一瞬にしてお花畑に満ち溢れていった。それは映像的にいえば、特撮を駆使して淀んだ荒れ地にバババババーっとキレイな花が咲いていく、そんなイメージが頭の中を駆け巡ったという意味だ。何が進路だ。何がンタマだ。アホらしい！　僕には高田がいるじゃないか。なんでこんなかたちでコンタクトをとってくるストーリーになるのか、本当に人生というのはわからないものだ。こんな大逆転な展開がやってくるなんて！　と、僕は完全に嬉しさの衝撃が強すぎて頭の中はお花畑とはいえ体は完全に静止してしまい、ポカンとしたまま高田を見つめてしまっていた。

高田はそんなアホ面の僕を見て笑顔のまま首をかしげ、再びメモをひょいひょいっと指さした。正気を取り戻した僕はうんうんと頷き返し、焦りながら高田からのメモを開いた。と、そこにはまたまた瞬時にしてお花畑が枯れていき、砂漠の荒野に逆戻りする映像が頭の中で展開した。

〈ムネオちゃんとの密会はなんのハナシだったの～？　LOVE　ビリー〉

振り返ると高田は既に授業に集中していて、僕の方など見向きもしていなかった。そのさらにナナメウシロに、満面の笑顔でピースサインを送ってきているビリーの顔があった。あぁ、高田越しになんて醜いバカ面よ。少しでも期待してしまった自分もバカだが、よりによって高田経由で回覧板送ってくるとはなんたる残酷物語。殺す。絶対にビリーを殺す。そう思いながら、僕は机に突っ伏したまま、そのあとすべての授業をボイコットした。

放課後、さらに追い打ちをかけるようにショッキングな出来事が待っていた。

いろいろ複雑な気持ちを押しやってなんとか今日のノルマの撮影をこなし、スタッフも役者陣も折り返し地点を越えつつある撮影にリズムを見出していて、こちらが指示しなくてもどんどんシーンとカットを稼いでいってくれるので、少しずつ淀んだ気持ちも復活してきたという、よりによってそんなタイミングだった。

写真屋にフィルムを取りにいっていたバーチンが、真っ青な顔をして戻ってきたのだ。

僕はやっぱりなんとなく、バーチンの顔を見て察しがついた。

「シダくんマックロだ。フィルム……」

バーチンはそのことを僕以外の誰にも言わず、ガックリしながらもなんとかそのあとの撮影に付き合った。そして終了後、学校の屋上から夕景を撮るという皆を残して、誰もいない教室に二人で戻った。バーチンは何も言わず、写真屋から取ってきた現像フィルムが入った袋を差し出し、ただ項垂《うなだ》れた。

僕も半ばげっそりしながらバーチンの横に座った。思わず、チクショウと、一言言ってしまった。

「すまないシダくん。僕がもっと照明に気を使えば」

「いや……。ごめん、今のチクショウはさ、今日になっていろいろあって。ちょっとへこんでたから、なんとかこの現像フィルムを見て元気を取り戻そうと思っていたからさ。だから、うまくいかないな、チクショウって」

「僕のせいだよ。映ってないなんて、僕が注意できてなかったせいだよ」

「君のせいであるもんか、バーチン。悪いのはあのカメラだよ。あのカメラがそもそもダメなんだ。大昔から職員室で眠っていた8ミリカメラだよ。はなっからまともに撮影できるもんじゃなかったんだ」

「だけどテストフィルムはちゃんと映っていたし、何かよくわからない部分を動かしちゃったのかなって。あと、やっぱりライトがさ、照明をたかないでどれぐらいの暗さまでちゃんと映るのか、もっとテストするべきだったんだ」

「よせよ！　だいたいこれまで撮ってきたぐらいの暗さで映らないことがおかしいんだよ。それがこの8ミリってやつの最大にダメなところだ！　やっぱりビデオなんだよ、時代錯誤なんだよ、フィルムなんてさ！」

僕はもうヤケになってしまっていた。バーチンは俯《うつむ》いたまま、今にも泣き出しそうだった。二人とも精神的にいっぱいいっぱいだった。ぐったりしながら、少しのあいだ沈黙するしかなかった。

「ごめんな、シダくん……」

「いや、ごめん……。バーチン、ごめん、ごめんな」

教室の外からは校庭で遅くまで部活をしている連中の掛け声や、テニスボールをはじく音、金属バットでボールを打つ音、体育館のバスケットボールのドリブルの音や、金管楽器の個人練習の調律するような音色などが、帰宅時間を知らせる校内放送のメロディーと絡み合いながら、極めて日常的に、そして平和に響いていた。夕陽が、どんどん明るさを落としていくのを感じた。

「バーチン、堂島なんだけど今日からもう参加できなくなったんだ」

「……堂島くんが？」

「うん」

「そういえば今日現場にいなかったね」

「うん」

「どうして？」

「うん。どうしてだろうなぁ……」

「あ……」

バーチンは何かしら察したのか、顔をあげたがわざわざその理由を聞いてこようとはしなかった。昨日の帰り道、堂島と話したことを、二人とも思い出していた。

「前の映画のときが懐かしいね」

バーチンがそう言った。

「あぁ」

「『ロープ』のときはさ、焦りとかなくってさ」

「あぁ」

「もっと気楽にさ、楽しく興奮していたよね」

僕はさっき意味もなく怒ってしまったことを、今になって猛烈に悔やみ始めた。結局こうして皆を巻き込み、ことを起こしたのは自分なのだと、とても恥ずかしく思えてきた。

「あぁ」

そして、もう一度、バーチンに謝った。

「ごめんな、バーチン」

「シダくん、ごめんよ」

「オレたちさぁ、ただの映画ファンだったら今でも楽しくいられたのかな」

「そうかもね」

「映画を作るとか、そんな大それたことに手を出すなんて、無謀もいいとこだったのかも」

「そうかもね」

「どうしてこんなことになっちゃったかな。どうして普通のまま楽しめなかったかな」

「……そう、なのかね」

窓の外はすっかり夕焼けの明るさと夜の暗さでマジックアワーと化していた。下校を促す校内放送の音楽が、いつもより陰鬱に胸に響いた。この曲の名前を知っているか、また聞こうとして、何もこんなときにと、やめた。

「そういえばさ、シダくん。有楽町マリオン、オープンしたんだって」

「そうだな」

「日劇のオープン初日、行きたかったね」

「そうだな」

『ワンス・アポン・ア・タイム・イン・アメリカ』、面白そうだよね」

「そうだな」

「映画、観に行ってないね。最近」

「……うん、そうだな」

再び沈黙がはびころうとしたそのとき、教室に着替え終わった出演者たちがドカドカと帰ってきた。ジョーにシキちゃん、ミツルにヤマケン、そしてカメラや三脚を担いだ良太郎と銀太も一緒だった。皆の勢いづいた声という声が、ごちゃまぜになって耳に入ってきた。

「よお、どうしたんだ、暗い顔してよぉ」

「なんだシダ、またムネオになんか言われたのか？」

「それにしても陽が暮れるのが早過ぎるぜ。ノッてきた！　と思ったらもう今日の撮影は終わりだもんなぁ」

「良太郎すっかりカメラマンだよね。昨日俺が帰ったあと、何時まで撮ってたんだ？」

「ミツル帰ったのって六時くらいだろ？　あれから移動して堂島が凄いセット作って時間かかったから十一時までだぜ」

「でもビリーのかあちゃん気が利いててさ。おにぎりとか差し入れしてくれんの。うまかったー」

「そういえば今日は堂島いないなぁ」

僕とバーチンはゆっくりと顔を上げていた。バーチンは眉間に皺を寄せ、いよいよ泣き出しそうな顔になっていた。僕は無邪気に興奮している皆を見て、なんだか自分がイヤでイヤでしょうがなくなり、こんなんでどうすんだ、ここで負けちまってどうすんだ、と頭の中で急速に怒りにも似た気持ちが沸騰してきた。

なんだよ。

皆だって頑張ってんじゃねぇか。

皆して一所懸命映画作ってんじゃねぇか。

負けるかよ。負けてたまるかよ。

チクショウチクショウチクショウチクショウ。

ここでくたばってたまるかってんだ。

進路とか受験とか失敗とか、そんなのやり直してやり切ればいいだけのことじゃないか。

くそっくそっくそっくそっ。

「何度でもやり直す!」

僕はおもむろに叫んでガバっと立ちあがり、備品ロッカーから映写機を引っ張り出してドカっと机に置いた。

いきなり叫び声をあげて映写機を取り出した僕に皆びっくりしていたが、それを見て何かを感じ取って理解したかのように、皆オーっと言って拍手し始めた。

「映写機ってことは、もしかして現像あがったんだな?」

「現像第一号のお披露目か!」

またも皆は盛り上がった。バーチンは一人不安な顔をしていたが、やがて意を決したように唇を噛み締めて僕を見た。僕がバーチンに向かって小さく頷くと、バーチンも目をそらさずにゆっくりと頷いた。

「皆、今日これまで撮影した分の現像が届いたから、バーチンがとってきてくれた。これからチェックするから全員で見よう」

オォオーッとさらに湧き上がった。

もう前に進むしかない。マックロでもなんでもこれが俺たちの現実であり間違いなく新しい第一歩なんだ。

僕はヤンソバに教えてもらった見よう見まねでなんとかフィルムを映写機に装填し、教室の灯りを消してもらった。スクリーンは教室の白い壁だった。光が投射され白いリーダーフィルムの汚れた質感が、ビデオとは違うノスタルジックな雰囲気を既に醸し出していた。皆はその真っ白な光を見ただけでも歓喜した。それは間違いなく、映画の光だった。

そして、やがて突然その白い光が暗転した。文字通りマックロになった。しかし、ただのマックロではなく、何かモヤモヤしている黒い画面、といった感じだ。やはり露出不足で、暗い中少しでも陰影をとらえて、撮影されているものがうごめいているのだ。このシーンは一体どのシーンだ？　どの場面の撮影でこんなに暗かったんだ？　僕は同じ轍を踏まぬよう、しっかり確認せねばと、すっかりいろいろな意味で前向きになっていた。しかし周りでは、お、お、お、と皆が早く絵が現れないかと待ちわび始めていた。

バーチンは、やっぱり……といった顔つきで俯いてしまっている。僕ももちろん心のどこかでがっかりはしていたが、決して目をそらさなかった。はじめてのムービーフィルムなんだ。大きな試練のようなものなんだ。例え失敗したって……と思ったそのときだ。

「おーっ、カッコいいー！」

フィルムが回りはじめて三十秒ほどたってから、なんと僕らの映画の絵が現れたじゃないか。学校の廊下を走り回るジョーとシキちゃん。やや画面は暗いが照明ライトは確実にあたっていて全然許容範囲の露出だ。

　僕は思わず立ちあがりバーチンを見た。バーチンは目と口を大きく開けて、ただただ驚いていた。

「なんで？　だってカメラ屋のオヤジが……」

　フィルムは順調に僕たちの映画を投射し続けた。

　ビリーのボスが登場し二人の刑事を叱責するシーン、キクカワとエージとヤマケンが捜査内容をぎこちなく報告するシーン、シキちゃんが図書室で必死に書類調査しているシーン。そして、ジョーが引き金を引いてモデルガンから火の粉が飛び散り、煙が立ち込める発砲シーン。どのシーンでも割れんばかりの拍手喝采、両足ドタバタ、さらにいつもの大爆笑で、皆これ以上の感動を知らなかったと思うほどの大騒ぎだった。

　フィルムは全三分二十秒を疾走し、やがて終わった。

　そして、もう一度大きな拍手が教室中に鳴り響いた。誰かがすかさず電気をつけると、皆の物凄い笑顔と涙でぐしゃぐしゃになっているバーチンの顔が僕の目に飛び込んできた。

「バーチン、最初の夜の廊下のカットだけだよ、失敗したのは」

　僕も思わず泣きそうになりながら何とか声をかけた。

「うんうん。ほかはちゃんと……ライトをあてたとこはちゃんと写ってる……確かにあのシーンだけ、まだ明るいから大丈夫だろうって照明つけなかったんだ……」

バーチンは泣きじゃくりながら必死に話した。

「あんなのすぐに撮り直しゃいいじゃんかよぉ」

ミツルがバーチンに近寄って肩を叩いてそう言った。

「そうさ、あんなの今からでも撮り直してやるぜ」

良太郎と銀太が顔を見合わせながらやはり頼もしく言い放った。

「だってさ……写真屋のオヤジがさ……開口一番写ってないぞ、コレって……」

バーチンはことの真相を打ち明けた。あながちオヤジは一リール目の頭だけ透かして見てマックロだったことを大袈裟に言っただけだったのだろう。実際、僕らは残りの多くのリールをそのあと鑑賞し、その廊下のシーン以外はすべてキチンと撮影されていることを確認した。逆にロケをした晴天の日の場面などは、信じられないくらい色がキレイに焼きつけられ、爆笑拍手から感嘆の声に変化していったほどだった。そのフィルムの色の鮮やかさはアメリカ製のスーパー8ならではということを、僕はのちのち学んでいくことになる。

すべてのフィルムを観終わり、皆は充実した顔で、あのシーンは凄いとか、あの演技はイケてたとか、思い思いの感想を連発し続けた。

いろいろ大変なこともあるし、時期が時期なだけに気を揉むことも少なくない。でも、この皆のやる気の産物は何か得体の知れないくらい、貴重なものなんだと思った。僕は、昨日遅くまで撮影して皆疲れているだろうから、今日はノルマもこなしたし早めに帰ろうと声をかけた。

「よし、明日はまた屋上からの撮影だったな。早く終わったらよ、廊下のシーン撮り直しちまおうぜ」

「オッケー。わぁ塾遅刻しちまうぜ、じゃあな」

「また明日な」

「おつかれー」

教室は再び僕とバーチンの二人だけになった。

僕らは一瞬顔を見合わせ、バツがワルそうに互いに少し笑った。そして映写機を片づけ、帰りの支度をして、教室を出た。既に誰もいない校内の廊下をとぼとぼと歩いた。

「そういえばシダくん。スバル座でまたヒッチコックのリバイバル特集だって」

「ホントか？」

「『ハリーの災難』とね」

「おぉ」

「なんと『ロープ』の同時上映なんだ！」

「えーっ！　ホンモノの『ロープ』が観れるのか？　本家本元の登場かぁ。これはヤバイな！」

「あはー！」

僕らの映画熱が、また少しずつ温もり始めた。冷たい校舎の廊下で僕らは次第にヒートアップしていった。映画の力以外のなにものでもなかった。

「バーチン」

「ん？」

「そろそろ教えてくれよ、ＫＩＰの意味」

「あー。カズホ・インディペンデント・プロジェクトだよ」

「ひえー」

僕はとてつもなく恥ずかしくなって、誰もいない真っ暗な廊下で思わず奇声を発した。するとその声は山びこのように漆黒の廊下の奥の方へと遠く響いていった。

「この時間の廊下は深くて暗いな。照明が山ほど必要だ」

「うん。光って大切なんだね、映画には。光がないと、映像って存在しないんだね」

僕らは、映画とはなんなのか、映画がそもそもどのような存在なのか。その難題のひとつを学び、関門をひとつくぐり抜けたような、そんな気持ちになっていた。

第九章

現像期間を考慮したバーチンによるスケジュール組みは、ある程度詰め込んだ撮影日数のおかげで、現像フィルムを放課後に皆で観るという時間に余裕を持ってあてられた。

そのおかげか、チームＫＩＰの結束は現像フィルムを見るたびに、どんどん強くなっていった気がした。そのあとも結果的に露出不足のシーンが発見されたりしたが、すぐにリテイクできる程度のものだと、僕らは笑い飛ばせるくらい、強い集団意識で繋がっていた。つまり結果を即共有して対応していくことで、僕らの絆はより強くなっていったのだ。

別にクオリティーの良し悪しではない。

とりあえずはきちんと撮影できてた！　とか、ダメだからやり直そう！　といったことで、すべての結果を「成果」として共有することが何より大きかった。

それによってさらに生まれたのは、こんな会話たちだった。例えば良太郎が、確認上映後にシキちゃんに話しかける。

「シキ、あの衣装も柏のマルイか？」

「あれはマルイじゃなくて、カルチャーファイブってお店なんだけどね」

さらにヤマケンがミツルに話しかける。

「ミツルのあのシーンの表情、怖すぎてヤバかったね」

「ヤマケンだって結構こまかく演技してだじゃないかよ。ほらあのシーン……」

あげくはビリーがバーチンに話しかける。

「バーチンくんねぇ。ナゼに君はあの映画バカにここまで協力するわけ？」

「え、シダくんのこと？」

まぁ要するに、映画には絆を深めるコミュニケーションの力というものがあるのだろう。

そんなふうに少しずつ前進し、撮影は相変らずドタバタだったが、なんとなく順調にシーン数は消化されていった。あるときは根戸の森の奥地まで行って壮絶な殺人シーンを撮り、あるときは学校の裏手の傾斜のある高台でミツルが転落するスタントシーンまでも撮りあげた。

ミツルは自分の出番がないときでもマメに撮影現場にきてくれていた。例の推薦試験のこともあり、僕としてはどこか申し訳ない気持ちもあったが、ムネオから聞いていたことを、今だけは都合よく信じさせてもらって、遠慮なくミツルにもいろいろ手伝いを頼んだ。

あるとき何気なくミツルに、「出番もないのにいつもサンキューな」と言うと、「映画は皆で作るもんだからな」と自然にサラッと返してきて驚いた。

「映画は皆で作るもんだからな。プロの世界ならちゃんと役割分担もされていて、それぞれの持ち場を責任持ってやればいいんだろうけど、オレたちはこんなんだからさ、少しでも人手が必要だってことはわかるし、一人何役も担って動かないと、なかなか現場も終わらないだろうって思うしな」

でもお前、推薦入学するために勉強もあるだろうよ、と僕は言いそうになってやめた。

「正直、なんか新しいことにチャレンジしたいなって、ちょっと思っていたんだ。もう最後の年だし、あとは受験をしっかりやり遂げて、それでいいじゃんって周りからは言われていたんだけどな。でもなんかさ、もっともっと何かにパワーを注ぎ込みたいって思っていたんだよ。それはお前がさ、シダが陸上部を掛け持ちしたいって、言ってきただろ？二年のときに。なんでこいつもうすぐ三年になるってのにそんなこと言ってくるんだって、ちょっとだけ影響を受けたっていうかさ、びっくりして感心して。それからなんだよ、オレが何かやりたいぞって思ったのは」

でも、それは恋する高田にデブデブになってしまう自分を見せたくなかったからなんだ、と僕は言いそうになってやめた。

「まぁ結果的に陸上から映画作りになってったけどさ。だけど思い出してみてくれ。お前が陸上部に来なけりゃ、こんな映画作りなんてありえなかったんだぜ」

「え?」

語り続けるミツルに対して、僕ははじめて反応した。なんでだ? なんで陸上部と掛け持ちしなかったら映画作りがありえないんだ?

「わかんないのか?」

「わかんないな。なんでだっけ」

「馬場と仲良くなったのは陸上部にきてからだろう」

「あー、バーチンと……」

確かにそうだった。同じクラスとはいえほとんど喋ったことのないバーチンと映画の話で繋がったのは、陸上部に入ってからのことだ。

「オレはさ、そこにな、シダと馬場が陸上部で繋がったってことに、今ではちょっと誇らしく思っているんだ。実は馬場を陸上部に引っ張ってきたのもオレだからさ。二年になったとき、あいつ帰宅部だったし、何もしていないで暇だったらこいよって。そしたらあいつ誘われたこと自体が嬉しかったみたいで、すぐに入部したんだよ」

「そうだったのか」

バーチンが帰宅部で、誘われたことが嬉しかったという話に、ちょっとだけ腑に落ちて、ちょっとだけグッときた。

「そしたらあいつ、土日の練習とか大会とかにはまったくこないからさ、なんでだって聞いたら、映画を観に行きたいから許してくれって言うんだよ。映画？　ふーんってさ。で、そこにお前も陸上部にってきて、面白いからビリーに耳打ちしたんだよ。あいつらお互い映画好きらしいからくっつけようぜって。で、ビリーが馬場に、お前も映画好きだって情報を流したんだ」

「なんだそれ。まるで片想い同士をくっつけようと画策したみたいじゃないか！」

僕は可笑《おか》しくなって笑った。

ミツルも「そういやそうだな」と言って大笑いした。でもなんでわざわざビリーを通したんだよ。お前が直接オレたちに言ってくれればすむ話じゃないか、とミツルに聞いた。

「それはさぁ、一応オレは陸上部なんだぜ。映画好きの二人が意気投合して土日も映画観に行ってるきっかけ作ったのがオレだってバレてみろぉ。ンタマにぶっ飛ばされちまうからな」

なるほど。しかし、なんて頭も切れて用意周到、完全無欠のスーパーヒーローなんだよお前は、と僕は改めて感心した。そうやって相関図を辿《たど》っていくと、確かにミツルは今回の映画の立役者であり、影のフィクサーみたいだった。だからそんなバックボーンを自負するかのように、こんなに献身的に映画に協力してくれていたのか。

「でもな、だからってことだけでもないからな。映画は面白い。とにかく現場は楽しい。陸上でひたすら走って記録も出してきた。大会にもたくさん出させてもらっていい結果も出してこれたよ。でもな」

「でも?」

「一人なんだ。走るのは」

「あ、まぁ……そうだな」

「一人なんだよ。ずっとな」

映画は皆で作るもんだからな。その意外な一言の意味がようやくわかった気がした。

そして「現場も大好きだが、あの現像フィルムを皆で観るときのワクワク感は、これまで体験したことがないくらい楽しくて、仲間たちとの一体感を感じられる時間なんだ」とミツルは言った。

僕らが撮影後に教室で確認上映するのが恒例化してきたとき、ほかのクラスの連中が見せろ見せろといって乱入してきそうになったこともあった。そんなときこそ、さすがクラッシャーの異名を持っていたジョーが部外者を威圧し、すべてをシャットアウトしてくれた。

「公開までこの楽しみは僕らだけのものだよね」とシキちゃんはニクい一言を吐いたりもした。ミツルは率先して「あのカットはとても良かった」とか、「あれは取り直すべきシーンだと思うが皆はどうだ」と意見を言って、さらに映画でのコミュニケーションは深くなっていった。

そして、とうとう最後の撮影日が明後日というところまで辿りついた。

正直皆クタクタになっていたが、それはもう毎日が文化祭前夜みたいになっていたので、クタクタを通り越してハイになっている感じすらあった。


「日曜日にはいよいよシダ組に高田嬢の登場ですねん」

エロ本ビリーが隣から小声で語りかけてきた。バッキャロー、塾にまできてお喋りはヤメロ！　当の高田に聞こえたらどうすんだよ！　と僕は心の中で絶叫した。

「監督と女優の華麗なる恋の始まりを前にして、只今どういうご心境ですねん」

「お前ぇ黙らないとあとでブッ飛ばすゾ」

ただでさえ撮影後ぐったりモードなのに、わざわざさらに塾ごときへ勉強しに、いや、愛する高田に会いにきているのだ。そこへ一番の聖域を冷やかしてくるビリーが、相変わらず腹立たしいことこの上なかった。

「そんなこと言っていいのかなぁ。一体全体誰が高田を現場に連れて来る手配したと思ってんねん」

「んぐ……わかった、わかった。お前のおかげ、お前の友情の大きさのおかげですねん。ありがとさんですねん」

「むふー」

ようやくエロ本バカの無意味な攻撃が終わった。

それにしてもやっぱりなかなかどうして、それは確かに緊張していないといえば嘘になるし、だからどうしようということも特に考えてはいないわけで、果たして一体キチンと自分は高田ありきの撮影現場で、正常に気丈にシラフに監督業を全うできるのかどうか、ただただ不安であり身震いしていたのだった。

だいたいである。

高田は今この時点で僕のことを一体どう思っているというのか。いや、僕のこと、というとなんなんだが……要するに映画作りをしている僕のことって意味だ。だって受験勉強で皆必死に頑張っているのに、なんだかよくわからない映画作りとかでドタバタしているわけだし、それはまぁいろいろ思ったり感じたり考えたり恋しちゃったりすることもあるだろう。

いや恋はともかく、フツウだったらきっと例えば、映画を作るなんてなんだか凄いな、志田くんてば人と違うことをやってしまうとか、なんらかの才能とやらを秘めている人なのかしら、とか思ってもらったりしていても、まぁオカシクはないのではないか。

そうだ。あれだけの人数を動かして、しかも監督ってんだからもう大変な存在としてイチモク置いていてくれていてもまったくオカシクはないだろう……。いや、待て待て。また調子に乗ってそんなこと考えてしまうとしっぺ返しを食らうというものだ。

そうだよ。大体現実はどうだ。冷静に考えれば、どうしてこんな大変な時期、中学三年生の二学期という受験戦争ド真ん中の時期に、言うにこと欠いて映画作りとか言っちゃって、さらにクラスの皆まで巻き込んで、あれヤレこれヤレ協力しろとかって。なんでそんな迷惑をかけまくってるのかしら？　おかげで私まで勉強の時間とられちゃうし、正直言って映画なんか全然興味なくて、私はただの女子中学生なんだから放っておいてほしいのよ、あー面倒くさい……がオチだったりするのだろうか。

うぅ、そうだったらヤバイ。だったら高田だけにでもその迷惑度を回避しておくというのも手か？

あ、高田さぁ。明日撮影とかってアホのビリーに言われたと思うけど、別に全然まったく無理しなくていいからさ。だって君の進路の方が大切だもんな。俺は映画カントクとして例え丸刈りたちの文化祭でもしっかり作品を作らなきゃって思っているけれど、君は君の人生というか道程というか、要するに進学ってものがあるだろうから、そんな大切な時間を奪うことはオレにはできないしさぁ……とか言っといた方がいいかなぁ。

するとと高田はありがとうシダくん……そんなに私のことを考えてくれていたなんて……とかいう方向にいったりして、実は急速に案外イイ道筋ができちゃったりして。いいんだいいんだ、ところで高田はどこの高校を志望しているの？　え、偶然だなぁオレと一緒ダァ！　なんて思いがけない展開になっちゃったりして……。

「ぶつぶつウルセェぞ、映画バカ」

ハッとして正気に戻った。

また高田との空想劇場に迷い込んで勝手に独り言を言っていたようだ。ビリーに突っ込まれるまで、勉強も映画もどこかにいってしまっていた。撮影は明日だ。もう引き返せないからなるようになるしかない。

いつもの席、前方に高田のうしろ姿が見える。僕はハーと溜め息をつき、やっぱりそれぐらい、緊張しているというわけだなと再確認してしまった。いつもの撮影なのだが、僕にとってはそう思うくらい深刻な瞬間なのだ。


日曜日の朝がやってきた。

緊張してあまり眠れなかったが、目覚ましと同時に僕は物凄い勢いで飛び起きた。リビングへ行くと、父親が新聞を読みながら既に着替えて朝食をとっていた。母親も僕のゴハンの準備を始めている。

「カズ、映画は終わったのか?」

父の服を見てすぐにわかった。今日は早くからゴルフなのだ。

「今日で終わりだ。とうとうクランクアップだよ」

「なんだ? クランクアップって」

「撮影終了のことさ。このあとすぐに編集して仕上げ作業だよ」

「なんだ? 仕上げって」

「今回はフィルムだからさ。スプライサーでフィルムを切り張りしなきゃなんないのさ」

「なんだ? スプライサーって。ビデオはどうした?」

僕はすっかり映画人気取りだった。

思えばビデオで撮っていたときの気持ちよりも、かなり本格的な映画的思考に変化してきた気になっていたからだった。

「ところで映画にサウンドトラックつけなきゃなんないんだけど、お父さんのレコードとかいろいろ聴かせてもらっていい？　ジャズとか昔のサントラとかいろいろあるじゃん」

「何言ってるのかさっぱりわからん。それよりお父さん、あれ観たいなぁ。アカデミーとった『ガンジー』。まだやってるだろ？　久しぶりに一緒に行くか。『トッツィー』とかな、ああいうのはまだお前には早いからな、ガンジーだよ、ガンジー」

やがて母が目玉焼きを焼きながら、やや憮然とした言い方で乱入してきた。

「もう何がガンジーよ。お父さんからも少し言ってやって。映画を観るのも作るのも少し禁止しないと。こんなことしていて高校行けなかったらどうすんのって」

「お、おぉそうだぞ、カズ。勉強もやらなきゃダメだ」

なんだかいい加減なお説教を聞きながら歯を磨き、それでも僕は気合を入れつつあった。マハトマ・ガンジーや勉強どころじゃないぞ。今日の現場の方が圧倒的に大切なんだ。それにしてもアカデミー賞か。うーむ絶対に、徹底的にキメてやるゾ。

最終撮影のロケ地はかつて皆が通っていた小学校の校庭だ。

ここで殺人事件が起き、ヤジ馬たちが群がる中、現場検証が行われるという設定だ。この日のためにエキストラの手配をして、僕らの撮影始まって以来の大規模な撮影現場となるのだった。

僕が集合時間の十五分前に現場入りすると、驚いたことに堂島が校庭の真ん中でシーンのための装飾をしていた。僕はびっくりして思わず、「堂島ぁ」と叫んでしまった。誰もいない早朝の小学校の校庭に、その声は思いも寄らず大きな音になってこだました。

「し、シダくん……」

「お前、いいのか？」

堂島はちょっと勝手が悪い感じでモジモジしながら俯《うつむ》いていた。

「また怒られるぜ？　親によ」

「僕……僕やりたいんだよね。最後まで」

「わかってるって。誰もお前が自分からやめたなんて思ってないよ」

「でも、やりたいんだよね。僕は僕の意志で始めたんだ。だから最後までちゃんとやり遂げたいんだよね……」

どこか不器用な堂島は理屈ではなく、ただやり遂げたいという気持ちをなんとか言葉にしようと必死だった。

それにしても気持ちのいい朝だ。朝の涼しげな空気がそれ以上言い合ってもしょうがないことを悟らせてくれたようだった。

「オッケー。ファースト・カットはめちゃめちゃ引きで撮るからよ。セットはかなり大掛かりに仕込んでほしいんだよな」

僕がそう言うと堂島は俯いたままだがいつものようにうんうんと何度も頷き、持参した白いテープや現場検証用の数字のプラ看板などをばら撒きながら、再び笑顔で準備を始めるのだった。

僕も最後の確認に余念がなかった。両手でカメラのファインダー・サイズを作りながら、カットをどう繋げていくかをイメージしていく。

やがてバーチンとヤマケン、良太郎と銀太が自転車でやってきた。

「おはよう」

「おっす。いよいよ今日でラストだな」

良太郎も自分なりに気合を入れているらしく、運動会のときに頭に巻くスポーツバンドを締めての登場だった。

「堂島くん、きてくれたんだ」

バーチンは必死に準備している堂島に声をかけた。

彼とヤマケンは先に中学校に寄って機材を調達してきてくれていた。役割分担のおかげで着々と現場は本番に向って条件を満たして行くようだ。僕は早速良太郎にカメラを持たせてアングルの確認をはじめた。

「ねぇバーチンバーチン。シダ監督もかなり気合入ってますネー」

ヤマケンの冷やかしが聞えた。なんとでも言うがいい。今日はわき目も振らず現場で監督業に専念するのだ。ナゼなら、いつどこで高田明日香にこの勇姿を見られているかわからないんだからな。いつ見られていてもイイように、万全のスタンスでその場を駆け抜けて行く。それが考えに考え抜いて、ようやく辿り着いた本日のオレの身の振る舞い方であるのだ。

やがて集合時間を少し過ぎるくらいからエキストラの連中も集まってきた。クラスの連中が大半だが、中には部活の繋がりとか、ほかのクラスの友達も連れてきてくれたり、例の役者陣のファンたちも情報を嗅《か》ぎつけて集結してしまった感も見てとれた。が、結果的に予定していたよりかなり多くの人数が校庭を埋め始めたことに、僕は満足していた。殺人現場だ。野次馬なんていくらいたってかまわない。

「物凄い人数だな、バーチン」

僕はエキストラがいる方向をわざと向かずにバーチンに声をかけた。

「うん、結果的にこんなに膨れあがっちゃったね。皆僕らの映画が気になってしょうがないみたいだ。昨日の夜いろんなところから電話があって明日行ってもいいかって確認してきたんだよ」

なるほどそういうことか。よしよし、全然良いぞ。逆にいえば、これだけいるとその中のどこに高田がいるか、自分でもよくわからない。それが緊張をほぐすことになるし、それでいいのだ。その群衆の中から、そっとオレを見つめていてくれたまえ、な？　高田よ。僕はまた夢遊病者みたいに空想世界に陥りそうになったので頭をぶんぶんと振って、しっかりしろしっかり、と心の中で呟いた。

役者陣やスタッフたちはこの大規模撮影の状況にややシタリ顔となり、まるで本物の映画撮影隊のような振る舞いで、いつもより真剣な顔つきを装っていた。近くを通り過ぎる町の人々も、あら映画の撮影なのねとか、お、なんの撮影だ？　とか言って執拗《しつよう》に注目の視線を投げかけてくるから無理もない。まぁそれはそれでいいのだが、そろそろ格好だけではなく撮影を始めないと時間だけが過ぎていく。カメラを回し始めたいのだが、やっぱり肝心の高田がきているのかどうかが気になってしまい、チラチラとエキストラ連中の方を向いたりしてしまうのだった。

「あーバーチン。それでなんだ、その……」

「大丈夫だよ。女子連中もきてる。そっちも結構集まってくれたから絵的にはバッチリだよ、監督」

「おぉ……」

そうか。女子連中ということはカオリのグループも集まったということだな。よし。僕は無闇に興奮しないよう気をつけながら撮影体制に入った。


そして、そこからは本当に神経を集中させてモブシーンの成立に頭をフル回転させた。

銀太の兄ちゃんが乗りつけてくれた黒いセダンを境に殺人現場とヤジ馬スペースを作る。丸刈りどもにホントに運転させるわけにはいかないから車が止まっているところからジョーとシキちゃん、そしてエロ本大門が登場する。

既に鑑識めいた美術は堂島が作り込んでくれていたため、スタンバイはバッチリだ。張られたロープの外側にヤジ馬たちを整列させ、まずは全景ショットから撮影スタートとなる。僕と撮影チームは校庭のはじに立つジャングルジムに登り、ドン引きの絵を作り込んだ。良太郎が興奮しながら僕にファインダーを覗かせてくれた。

「シダ、これ凄いぞ。ハリウッド映画、まるで『ポリスアカデミー』だぜ」

「お？」

覗いてみるとどう見てもハリウッドには程遠かったが、それでも武田鉄矢の「刑事物語」的な風景はキチンと広がっていた。

大勢のエキストラと丁寧な美術、そして劇用車の登場によって事件現場がかなりリアルに描き出されているではないか。これは映画そのものの冒頭を飾る大事なシーンでもあるから、これはこれで充分だと思った。

「ありがとう。このファースト・カットで観客は驚くね」

僕は良太郎にカメラを返した。

一瞬のファインダーの中に、高田の姿を見つけたような気がしたが、遠すぎて全然確認できなかった。

撮影を進めていくに従って、どんどん野次馬が増えていった。

誰が本来のエキストラかわからなくなってきたため、これじゃ絵が繋がらなくなると思い、若干の人払いをするしかなかった。そんな指示を出すと、スタッフたちは皆で声がけに走った。

「すみません、エキストラじゃない方はこちらまで下がってくださーい」

「見学の方はこちらへお願いしまーす」

皆プロの撮影現場みたいにテキパキと人払いまで行うようになっていた。元通りの絵に近づいたところで良太郎はすぐにカメラをセッティングし、役者陣もささっと立ち位置についた。僕はその光景を確認しつつ、「よし、じゃあリハだ。よーい、スタート！」といつもより大声を張り上げたりして現場に喝を入れた。演技が始まるたびに野次馬らも静かになり、「カット！」と声をかけるとそれを合図にまたざわざわとなるのが可笑しかった。皆それぞれ、映画という現場を楽しんでいる様子が伝わってきた。

「えぇ。これ今度の文化祭の出し物の8ミリ映画なんです。全部中学生だけで作ってるんですよ」

気づけばバーチンが野次馬からの質問に答えていて、皆がそちらに群がっていた。

「8ミリ？　いまどき8ミリフィルムで撮影して作ってるのかい？」

「学校以外では上映会はやらないの？」

「監督も脚本も中学生？　たいしたもんだなぁ」

いろいろな声が聞こえてくる。そのひとつひとつにバーチンが丁寧に答えているのも含めてだ。さすがプロデューサー。現場に映らないエリアの面倒ごと一切取締役であるバーチンが野次馬たちの注意をそらしてくれている間に、僕ら現場部隊はどんどん撮影を進めていった。

そして、撮影は昼過ぎに終わった。

僕らは怒涛の如くカットを稼ぎまくり、エキストラさばきやら場所移動やらで、てんてこ舞いしつつも、丸刈り連中規模による壮大なモブシーンは無事撮了へと至った。

最後に僕が代表して、エキストラの皆さんと車を用意してくれた銀太の兄ちゃん、そしてずっと残って見守ってくれていた野次馬の皆さんに丁重なお礼を言い、同時にバーチンが高らかにクランクアップ宣言をして、小学校の校庭はさながら運動会のときみたいに大きな拍手が鳴り響いた。

日曜日のお昼時なので校庭の外にもさらに周辺住民の人たちが集まってきていたので、その大群衆の真ん中にいた僕はただただ感無量だった。

「シダくん、お疲れさま。やったね」

「うんサンキュー。すべてバーチンのおかげだよ」

僕らは固い握手を交わした。

そして最後になって、三々五々皆が家路についていくとき、はじめてその連中のうしろ姿を何度も確認してみた。だけど、どうしても高田の姿だけは見つけることができなかった。撮影中のチラチラ確認をやめていただけに、ここにきて執拗にキョロキョロしてしまっていた。いないな……こうなったら少しは確認だけでもしておけばよかったか……と、僕は片づけを始めているスタッフたちの中でやや俯き加減で反省した。ふと前方を見ると、あのエロ本ビリーがニヤニヤしながら僕の方を見ていた。

ん？　この野郎さては、と直感的に思った。同時に僕はビリーの方へとダッと走り出していた。

「待て！」

ビリーはヒャハハハと笑いながら逃げ回った。

「悪かった！　悪かったよー」

「お前、あいつがこないって知ってたな！」

「昨日の夜、言われたんだよー、私は行けないからって」

「なんで夜にお前とあいつが話なんかしてるんだ！」

「塾の帰り道一緒の方向じゃん、明日頼むぜって言ったらダメってさぁ」

「なんで早く言わないんだ！　ずっと心臓バクバクだったんだかんな！」

遥か彼方で追っかけっこをしている僕とビリーの姿を見て、KIPの連中は皆不思議がっていたようだった。

僕は怒り沸騰でやるせなくて悔しくて、とにかくビリーが悪いというわけでもないのだがとりあえず全力疾走してとっ捕まえて、ギッタギタに八つ裂きにしてやらないと気がすまなかった。

第十章

文化祭の前日、僕らは放課後、ビリーの家へ集結した。

泣いても笑ってももう今夜しかなかった。クランクアップ後、フィルムの現像を待って編集をし始めたのが公開の一週間前だった。すぐに編集を始めて咄嗟《とっさ》に気づいたことがオープニングとエンディングのキャストとスタッフのクレジットがない！　ということだった。単純に忘れていたのだ。しかもビデオで撮ってすぐ挿入、というわけにはいかない。フィルムで撮影、現像しなければならなかったので、僕とバーチンはかなりパニックに陥った。

しかし、その日のうちに堂島が、またまた密かに徹夜してクレジットシートを作ってくれたので、翌日には撮影、現像出しにこぎつけることができた。

そのとき、咄嗟に正式タイトルを「ザ・スナイパー」と端的なものに改題した。「孤独のスナイパー」だと、なんだか「帝国の逆襲」とか「電子の要塞」とか「魔宮の伝説」みたいな、それだけではちょっと説明くさいしサブタイトルみたいな感じがしていて、実はずっと気になっていたのだ。それなら潔くこの最後のタイミングでワンワードにしちまえと思い切った。いやはやドタンバ作業とはこのことだ。

なので、編集はそのオープニング・タイトルと、エンドクレジットを待って完成となるわけだが、しかしとにかくその間の編集作業も、撮影現場以上にドタバタな作業だった。「ロープ」のときのようにテレビで映像を確認しながら編集点を決めていく、といった方法とはまるで違うやり方だったからだ。8ミリフィルムはエディターという小さな画面がついている映像確認マシンにフィルムを通し、自分でカラカラとリールを回しながら動く映像を見て編集点を決めていくのだ。これには本当にまいった。なにしろバーチンと二人一緒にその小さい画面を覗きながらポイントを決めていかなくてはならない上、見にくいわ、手回しフィルムでスピードも定速じゃないから、どこで切るべきかのタイミングも計れない。結局、編集は僕に一任され、バーチンはアフレコ用の別台本を並行して作ることになった。

しかし、いざ一人で編集を始めてみると、集中してできるからか、次第に機材にも慣れていって、テンポよく、面白いくらいスムーズに繋げていくことができた。フィルムの編集は切るべきところのポイントを決めたら、エディターでその一コマに印をつけ、スプライサーというフィルムを切る機材で、その印に沿ってカットする。同様に繋ぎ合わせたい部分も用意し、スプライサーに付いているスプライシング・テープという細くて薄いセロテープでフィルムとフィルムを貼り合わせるのだ。そして再びエディターに通してその繋がりを確認、OKであれば次へ、ということで、その繰り返しの作業により、映画本編が一本にまとまっていくのである。

この作業に、単独ながらなかなかハマってしまったのは、リズムさえ掴《つか》めばビデオ編集のように頭から順番に繋げていくやり方よりも俄然映画的と思えたからだ。

このシーンをうしろに持っていくことで全然物語の捉《とら》え方が変わるぞ、どうする？　とか、この印象的なカットをインサートすることで犯人の考えていることが観客だけに伝えられる、面白いからやってみるか？　とか。映画における編集という作業は、脚本、撮影と苦労して作り上げてきた流れを一気に変える力も持っていることを、フィルムの編集によって理解したような気がした。映画は、編集というシーンとカットの組み合わせでいくつものストーリーを作り上げることができる不思議な集合体なのだ。

やがて編集がほぼ完了し、オープンエンドのテロップ現像もあがってきたので、それらを頭とおしりにくっつけ、ようやくカタチになったのは文化祭の三日前の深夜、つまり二日前に突入していたというわけだ。公開日は、どんどん迫りつつあった。

翌日の夜は、学校終わりでミツルの家に集まりアフレコを行った。出演者たちが集まりやすい中心地点がミツルの家だと誰かが言ってしまい、そう聞いたからには遠慮なく集まって作業してくれと、相変わらずのミツル節が炸裂したからだ。最後になって申し訳ないなと思いつつ、案の定、映写機を使ってのアフレコ作業は当然はじめてなので、ギコチなく深夜まで及んでしまった。

ミツルの両親は受験生たちが一体この時期大勢で何をやらかしているのかと、半ば呆れ果てている様子が受け取れた。でも、ここまできたらしょうがないと思ってやり続けた。なにしろ出演した丸刈りたちだけでも六人、エキストラ用のガヤ録りもあり、さらに映写機が回り出すとガリガリガリと爆音を発するので、これじゃアフレコもクソもないと、声を入れる出番がきたら、その役者は毛布にくるまって雑音をシャットアウトしながらセリフを喋るという、ちょっと見ると一体暗闇の中で何をやっているのかと可笑《おか》しくなるような現場だった。

そんな作業を狭いミツルの部屋にどやどやと夜中までやっていたわけだから、本当に家族の方々はたまったもんじゃないだろう。

繋がった映画フィルムにすべての音声を入れ込むまではその全貌は確認できないため、

チームKIPの面々はなかなかストレスを溜めていたようだった。早く全部通して観たいとか、音楽が付いて完璧になるまで観ないとか、眠いとか、腹減ったとか、勉強イヤだとか、それぞれがそれぞれに冗談みたいに文句を言い続けていた。

どんな現場でも、最後には皆ハイになるのが可笑しかった。


そうして作業最終日、翌日に文化祭を控えた夜を迎えたというわけだ。

ついにもう一本のサウンドトラックに音楽を入れて仕上げとなるわけだが、これについてはビリーの家で作業させてほしいとお願いしていた。ビリーの家が学校に一番近いからで、最悪朝を迎えてしまっても、ここならギリギリまで作業できるだろうとバーチンがお願いしてくれていたのだ。ビリーももちろん協力してくれた。とにかくできあがったらフィルムと映写機を持って目の前の学校へ走るのだ。

僕は念のためにと思い、ボーイスカウトで使っている寝袋まで持参して塾帰りにそのままビリー家へと直行した。

クランクアップ以来、高田の話題は一切出ていない。ビリーも突っ込んでこないし僕も正直それどころではなかった。公開時に教室で一緒になって観てくれればそれでいいと思っていた。それよりもこの映画の方が、圧倒的に今の自分には大切になっていた。高田を好きなことには変わりないが、ただそれだけのことで、今何をどうしようとかはまったく考えなくなっていた。

映画の力は怖い。恋する気持ちまで忘れさせてしまうのだから。


一拍遅れてバーチンとミツル、さらにジョーまでがやってきた。

バーチンとミツルはやはり塾帰り、ジョーは単に音楽入れと聞いてなんとなく付き合いたいと言ってきたのだ。寡黙でいつも何を考えているのかよくわからない不思議なキャラクターであるジョーなので、まぁ特に気にせずにいようと思った。

そしてバーチンはプロデューサーみたいな存在だからともかく、ミツルはもうアフレコも終わっているから実質本人の作業もなかったけれど、この日もジュースとお菓子をたくさん買ってきて、「差し入れだ」と言ってばっちり参上するのだ。そして、「オレも朝まで付き合うぜ」と頼もしいことをまたまた言うのだった。

推薦入試のことは、相変わらず口に出せる話題ではなかった。

「で、音楽は何を使うんだ」

ミツルが興味津々に聞いてきた。僕はウームと唸った。バーチンもいろいろ考えてくれているようだが、僕はひとつ思い描いていることがあり、それを試してみたかった。実はビリーの家を作業場に選んだ理由もそこに関係している。

「なんだかんだ言って既成の映画音楽を素直にあてていこうかなと考え直していたんだ。スリリングなイメージの曲とか、サスペンス風のものとか、『ロープ』で使ったようなね。でもね、編集されたこの映画を見ると、どうもやっぱりマッチしないいんじゃないかと思い始めていて……」

ふむふむ。皆はビリーの部屋で既に映写機をスタンバイしながら僕の決め手となる意見を待っているようだった。

「どうも当たり前に音楽をつけてもシラケるかなって思うのさ。ジャズとかも考えていろいろ聴いたんだけど、こちらはカッコつけすぎてしっくりこない。ましてや8ミリだからオーケストラで演奏してる映画音楽なんかつけたら、逆に大袈裟でダサくなるかなぁって」

ほおほお、それで？　皆はお菓子をむしゃむしゃと食べながら、とはいえもう時間ないんだからさ、と僕の決め手となる意見をさらに待っていた。

「で、思いきって今回はやっぱり初志貫徹、ＭＴＶ手法で行こうかなって」

むむむむ。皆訝《いぶか》しげな顔つきになり、一瞬沈黙した。

「やっぱりＭＴＶ映画なんだね」

バーチンが言った。

「それって千葉テレビのソニー・ミュージック・ティービーか?」

ミツルが言った。

「だな。ベストヒットＵＳＡだ。こんばんは、小林克也です」

ビリーが真似して言った。反応は様々だったがバーチンはなんとなくうんうんと頷きながら続けた。

「つまり洋楽曲、ボーカル曲をあえてぶち込んでリズム感を出したいんだ。そうだろシダくん」

「うん。上映時間は二十分。結構テンポアップして見せていかないと飽きられちゃう時間だよ。だからあえてロックの曲でガンガン観せていくべきかなって。そのためにはスピーディーなんだけど絵の邪魔をしないロックの曲を見つけたいんだよ」

「なるほど、そこでこの俺様の登場というわけだな」

ふふん、とした顔をしてビリーが言った。こう見えてビリーは大の音楽好きだった。特に洋楽に傾倒していて、人気のアーティストやバンドのレコードをたくさんもっていたのだ。行きがかり上だが、とにかくそのコレクションの恩恵にあずかれればと考えていた。

新しい映画音楽を、作り出したかった。

ビリーはそんな僕の思いをよしよしと受けとめ、水を得た魚の如く、レコード・コレクションが入った棚の扉をガラッと開けた。するといきなりお馴染みのエロ本、「アクションカメラ」が飛び出してきて、うわぁやばいやばい、ここに隠してたんだった、とうろたえた。

「というか、それオレが貸したアクションカメラじゃないかよ」

僕は思わず呆れてツッこんだ。

「いやぁ、そのうち返すわ。ははは」

「やるよ、そんなの。その代わり『GORO』貸せな」

どうでもいいやりとりにバーチンもミツルもさらに呆れていた。

気を取り直してビリーのコレクションのチェックだ。洋楽レコードと粗末な自作レーベルが汚く目立つカセット・テープがズラリと並び、丸刈りのくせに洋楽志向な自分のセンスの良さを存分にアピールするビリーだったが、既に隠しエロ本のせいで説得力はなかった。

「とにかく今回ばかりはエロ本パワーを借りるとしよう。ビリー、この映画に合うと思う曲をガンガンかけてみてくれ」

「この際、エロ本は関係ないぜ。まぁ時間もないしどんどん行くか。最初はこいつだマイケル・ジャクソン『スリラー』はどうだ!」

「はあ? この映画、ホラーじゃないんだけど」

バーチンがしょっぱなから途方に暮れたのは言うまでもない。コレクションが充実しているのは感心だったが、そのあとのビリーによる推薦曲が映画にマッチするものは何ひとつなかった。

「センスって大事だな」

ミツルが一言、言い放った。

深夜に達した選曲会議は混沌《こんとん》を極めてきた。

僕が目指そうとしたものは、この八〇年代に流行っていた、映像と音楽が対になる関係性の具現化だった。丸刈りのくせにと思うだろうが、そのイメージはかなり明らかだった。別に「スリラー」みたいに映画仕立てのミュージック・クリップにしようというわけではない。あれはハナっから手法が違うのだ。

わかりやすく言えばジョルジオ・モロダーの「フラッシュ・ダンス」だ。ケビン・ベーコンの「フットルース」だ。ドラマの中に自然にロック・ボーカル曲が溶け込んできて、映像と共存してほしいのだ。そう言うとビリーは、それならそうと言ってくれと片っ端からアイリーン・キャラやケニー・ロギンスをストレートに聴かせてくる。だから、そのまんまでどうすんだよ。

カーゴ、デュラン・デュラン、カルチャークラブ。カジャ・グーグーにクイーンにデヴィッド・ボウイ。マドンナにシンディ・ローパー、ビリー・ジョエルまで。いろいろ聴いてもどうしてもマッチしない。時計は深夜一時に達しようとしていた。

「だいたいお前の映画がオシャレじゃねぇからどれも似合わないんだよ。ハナっから8ミリにエイティーズの12インチシングルを放り込もうってのが、どだいムリな話よ。ふわー」

ビリーがあくびをしながら言い放った。なにを……と思ったそのとき、ジョーが口を開いた。

「これ、かけてみてくれ」

「え?」

ジョーがビリーに、一枚のレコードを差し出した。

「なんだ? ジョー、レコード持ってきてたのか?」

ビリーはそのレコードを受け取り、プレイヤーにかけてみた。二人のやりとりでジャケットが見えない。一体ジョーは誰のレコードを持ってきたっていうんだ。

「映画が8ミリなら、音楽もちょっと昔のコイツでどうなんだ」

曲がスピーカーから飛び出てきた。

ん？　これはどこかで聞いたことのある……。バーチンもやや眠たげな目を見開いて顔をあげた。何となく、皆ピンときたようだった。

「これってポンキッキの曲」

「そうだ、ポンキッキで流れていた曲だ」

僕もややハッとしてそのサウンドに聴き入った。軽快なテンポ。アナログ感のあるサウンドだ。

「よし、どんどん聴かせてくれ」

ビリーは針を飛ばして次々に曲を聞かせてくれた。

「この曲、コミカルだけど逆に逃走シーンに合うんじゃない？」

バーチンが言った。

「こっちの曲はジョーの回想シーンに合いそうだぜ？」

ミツルが言った。僕もそれぞれに同感だった。シンプルなロックンロール。わかりやすいメロディーに抑揚のついた展開。シリアスな刑事ドラマにあえてポップなテイストを注入する面白さ。そして誰もがどこかで耳にしたことのある印象的な歌ばかり。

「これだ！　これで行こう。で、全部このアルバムから使うってことでサントラとしても統一感を出そう」

「いいじゃない。8ミリの雰囲気にもこの時代の音がピッタリだよ」

「よし決まりだ。いいだろう？　ジョー」

ジョーは今まで見たことのない笑顔になって頷いた。これで全員一致となった。

そして録音の時間はかかったが、曲たちは思いのほか映像とシンクロし、選曲もまったく悩むことはなく各シーンにハマっていったので、僕らは曲をつけまくった。そのたびに場面場面の見え方が一変し、ダラダラしていると思っていた映像がテンポとリズムを手に入れ、これまでとまったく違うスピードで展開し、本当に生まれ変わったようだった。音楽の力は、想像以上にスゴイことを知った瞬間だった。

それにしてもビデオでなく8ミリ、音楽もレトロなロックンロールとは。まったく自分の周辺がどんどん過去へとさかのぼっていく。オレの八〇年代って一体なんなんだろう？と思いながらも、あの日見た夢、映画や映画音楽の旅に連れていかれた夢を、一瞬思い出した気もした。

尚も拍車をかけて調子づいてきたビリーは、最後にレトロ強化大作戦のダメ押しとばかりに、「この曲はエンディング以外ありえないぜ」と言って、これまた超有名なスタンダード・ナンバーを聴かせてくれた。

「レリビー、レリビーイ、レリビー、レリビィー」

我孫子市民会館で無視した無礼を反省しつつも、僕らは自然と真夜中の合唱隊と化していた。皆知っているこの曲だが、なぜか聴いていると家に帰りたくなってきた。そうか、下校の曲はこいつだったのかと、僕はちょっと苦笑してしまった。

ジョーは本当にこのバンドのファンなのだな。よほど好きだってことは、今夜の一件と、あの日「理由なき反抗」を観ないで帰っていったことがばっちり証明している。これだけのために、ヤツはレコード一枚を持って現れたのだ。自分の映画に、自分の好きなバンドの音楽を乗っけたかったのだ。

ジョーは最後の「レット・イット・ビー」を録音している最中に、何も言わずに帰っていった。音楽が決まって感謝はしているけれど、やっぱり、変なヤツだなと思った。

悲しいかなこの時点で、既にザ・ビートルズの一人がこの世からいないということなど、ジョーを除いては誰も認識してはいなかった。名曲たちと出会うタイミングとしては、僕らは遅すぎた世代でもあった。

朝までかかると踏んでいた作業は、アルバム「ザ・ビートルズ20グレーテストヒッツ」というゴッタ煮ベスト盤のおかげで午前三時には終了した。せっかく寝袋を持ってきたのだが、今夜は公開前夜ということで家に帰って残された時間をゆっくりと眠ることにした。

バーチンとミツルと三人でチャリンコに乗って帰る途中、マンション地区を走っていたら、前方の中層マンションの三階にポツンと灯りのついている部屋を見つけた。

「あそこってさ、堂島ん家じゃなかったっけ」

僕はそう言って思わずチャリをとめた。

「ホントだ。堂島くん、こんな遅くまで起きてるのか」

「きっと勉強してるんだろう」

バーチンとミツルもチャリを止めて部屋を見上げた。すると部屋の窓が開き、当の本人が顔を出して夜空を見上げながら大きく伸びをする姿が見えた。

「あ！　おーい、堂島ぁ」

ミツルが三階に向って小声で怒鳴った。堂島はすぐに気づき、やぁーとやはり小声で叫び、手を振ってきた。堂島は何か言っているようだったが、なかなか聞き取れなくて僕らはなんだってぇ？　とジェスチャーしたりした。

「あいつホント何してんだ、こんな夜中に」

「僕らも人のこと言えないけどね」

バーチンが笑いながらそう言ったあと、堂島の姿が部屋の中に消え、またすぐに顔を出した。手に何か大きな画用紙を持っているようだが、暗いし遠くて確認できない。

「なんだあれは」

「何か持っているけど」

「ホントに何してんだろな」

「だから僕らもね、ははは。手振って帰ろ」

僕らはわかったようなふりをして大きく手を振り、再び帰宅の途についた。きっと映画の準備に協力してくれた時間を取り戻すべく、必死に勉強しているのだろう。そうしないとまた親に怒られるからだ。いろいろと申し訳なかったなと思いながら振り向くと、まだ堂島は大きな画用紙を持ってずっとずっと手を振っていたのだった。


文化祭当日がやってきた。この日の授業はすべてオフ。各クラスが教室にてそれぞれの出し物を催し、全員がお客になって校内を遊び回るのだ。

僕らのクラスは当然映画上映がメインなので、教室の窓に暗幕を張ったり、スクリーンを校内備品から借りてきたり、観客席となるイスを並べたりで、結構クラスの皆が率先して劇場作りに協力してくれた。

僕とバーチンはなんだかんだ言って映写機のセッティングに余念がなかったので、ハッと気づくと教室が映画館みたいな様相になっていてびっくりした。暗闇が現れ、映写機の光だけがこうこうと輝いた。いよいよか。そう思うと、連日の寝不足もなんのそのだった。

教室の外では既に上映に並ぶお客たちが長蛇の列を作っていて驚いた。

「何事なんだ、これは」

呆然とその光景を見る僕のところに、バーチンがやってきた。

「シダくん、ほら、これ見てよ」

促されて劇場入り口となる教室の扉を見ると、「THE SNYPER」とカッコよくレタリングされた画用紙ポスターが貼られていた。

「なんなんだ、これは!」

「手作りポスターだよ。カッコイイね。シダくんおいでよ、写真撮ろう」

バーチンがカメラを持ってきていたので僕は主役の三人、ジョーとシキちゃん、そしてミツルとポーズをとり、ポスターをバックに記念撮影をした。

その光景を、嬉しそうな顔をして堂島が見ていた。僕はすぐに彼のもとへと走りよった。

「堂島、昨夜のはこれだったのか。ありがとう。ありがとうな」

それ以外のコトバが、感動し過ぎて出てこなかった。

「やっぱり上映会にはポスターがないとね。即席ですまないけど、これでやっとやり遂げたって気持ちだよ」

本当に嬉しかった。映画一本作ることでこんなにも素晴らしい気持ちが次々に巻き起こるのだと、上映前から僕はかなりジーンと感動していた。

「ほれほれ、そろそろお客を入れるから映写機の準備せい」

ムネオが言った。担任教師的にも我がクラスの出し物が一番だと言わんばかりに、張り切ってあっちへ行ったりこっちへ行ったりと駆けずり回っていた。僕は皆と顔を合わせ、よしと頷いて教室内へと戻った。


初回上映は出演者やスタッフ関係者たちに優先的に席を確保させた。

もちろん後方席ではあるが、皆もはじめて完成版を鑑賞するわけだから初回に観てもらわないと申し訳ないということで、バーチンがセッティングしたのだ。

ほかのクラスからも観客たちがどんどん押し寄せてきた。その中に、原案と脚本担当の生徒会長アキラも参上し、場内は否がおうにもどんどん盛り上がってきた。開場から五分もすると室内は満杯になり、「入場打ち止め！」と誰かが叫んだ。それと同時に盛大な拍手が沸き起こり、とにもかくにも気持ちの整理もつかぬまま、それっとばかりに上映スタートしようとした、そのときだった。

「シダ！　舞台挨拶、舞台挨拶！」

「え？　え？」

僕とバーチンはうろたえながら声の主を見ると、案の定アキラがフフンとした笑顔でこっちを見ていたのだった。観客がそれを聞いてさらに拍手で盛り上がった。こんな台本にない展開、まったくどこまで自分をアピールすりゃ気が済むんだ生徒会長は、と思っていたら、バーチンが立ち上がって素早く司会進行をかって出た。

「えー本日はご来場くださり、誠にありがとうございます」

またまたドーッと歓声が沸き上がった。こりゃ上映前に教室の中が酸欠になっちまうなと思った。

「舞台挨拶のリクエストが出ましたので、まずは原作と脚本を担当いたしました、鈴木アキラ生徒会長より一言いただきたいと思います」

おぉーっと重鎮を迎え入れるような声が上がり、アキラが嬉しくてしょうがないいでたちでスクリーン前方へ歩み出た。

「えー皆様、本作ですが、ワタクシが夏休みのあいだ、全力をかけて執筆しました……」

アキラのスピーチが始まるとバーチンが映写機へと戻ってきた。

「頭はあいつで、上映が終わったあと、〆《しめ》にシダくんだ。そっちの方が、絶対に今以上に盛り上がる」

「お、オレはいいよぉ……。何も考えてないんだもんさぁ」

「いいからそうするんだ。その方が効果的さ」

バーチンはそう言うと、アキラのスピーチを止めるそぶりも見せず、ダラダラと喋り続けさせ、それをニヤニヤしながら見ていた。

やがてアキラのスピーチに飽きてきた観客たちが、もういいよーとか、長いよーとか、映画映画！　とヤジを飛ばし始めたので、アキラはようやく苦笑いしながらスピーチを終えた。

ぱらぱらと拍手が起こったそのタイミングで、すかさずバーチンが叫んだ。

「それではお待たせしました！　上映開始です！」

教室内に再び歓声が上がった。僕はバーチンの一声が合図と踏んで、映写機のツマミをガシャンと回し、何だかわからないがウムと頷いた。とにかく、「僕の映画よ、突っ走れ！」という気持ちだった。

スクリーンからはいきなりビートルズのロックンロールが鳴り響いた。

それと共に軽快にオープニングが投射された。ＫＩＰプレゼンツのテロップ。それだけでナゼか大歓声が上がった。僕とバーチンは古クサイがそれでいて新鮮でレトロなロックのリズムに体を揺らしながら、「行け！」「それ！」と小声で絶叫していた。物凄い歓声とビートルズの音楽が、あの日の記録映画「ビートルズ日本公演」を思い出させた。

謎の殺人事件が起こり、エキストラを総動員した現場検証シーンへとなだれ込んだときにはオーッと感嘆の声がこだました。そして颯爽とジョーとシキちゃんが黒のセダンから登場するとこれまた割れんばかりの拍手と歓声が上がった。

続いてエロ本ビリーがボス然とした格好でゆったりと現れると、想像通りの大爆笑となり、僕もバーチンも映写機をひっくり返しそうになるくらい一緒になって笑ったのだった。

謎の男が実は双子の一人で復讐に燃えていた、ということがわかると、観客はそのときだけ一瞬静かになって物語に入り込んでいるのがわかったが、その一拍置いたあとの激しいバトル・シーンに突入すると、再びビートルズのロックンロールが炸裂し、最後の花火を打ち上げるかの如く、教室内はやんややんやの大騒ぎとなった。

結局、この上映中の熱狂は二十分間、ラストのレット・イット・ビーが鳴り止むまでほぼおさまることはなかった。

そして終映し電灯がつき、観客全員の視線が僕とバーチンの方に向けられ拍手の嵐を全身に浴びた。すかさずバーチンが立ち上がって叫んだ。

「監督、志田一穂！」

爆発が起こったかと思うくらいの歓声と拍手が巻き起こった。「挨拶挨拶」とバーチンに促されたが、とても喋れるような状態じゃないくらいの賑やかさで、僕は何度もお辞儀をして、感謝の気持ちを伝えるしかなかった。

なんだかわからないが、アキラが立ち上がって涙ぐみながら拍手を送ってくれていたのが可笑しかった。

上映終了後の客の入れ替えをしている最中も、チームＫＩＰの仲間たちは皆大喜びで興奮していた。良太郎と銀太が真剣な顔つきで近寄ってきて固い握手を迫られた。「最高だ、オレたちやったな」と良太郎は笑顔で言った。銀太は涙ぐみ、「俺決めた、将来は絶対アシスタント・カメラマンになる」と小さな展望を語った。

ミツルとシキちゃん、そしてジョーの三人は、上映後ついに本物の銀幕の大スターとなった。下級生の女子たちにもみくちゃにされ、サインまでねだられている始末だった。映画の波及効果は本当に計り知れない。

アキラはまだ教室内に残っていてなんだかわからないがずっと泣いていた。漏れ聞こえてくる話によると、「素晴らしい脚色だ、僕の脚本をいい意味でアレンジしてくれた、これは名作だ、狙い通りだ……」ということらしい。僕とバーチンは苦笑いして放っておくしかなかった。

ムネオはもちろんのこと教師陣もこの日ばかりは笑顔だった。中でも音楽をビートルズで統一したことを、大人たちはえらく評価するのだった。

ンタマも観にきていた。「技術はともかくセンスは良かったわよ」と言い放ち、続けて「なんであんた陸上部にきたのよ。あんたは映画を作る人だったんじゃない」と、よくわからないことを言って教室から出て行った。

あのンタマが、不思議なことを言うもんだと思った。

観客はさらに長蛇の列を極め、フィルムは何度繰り返してもすぐに巻き戻されて再び上映へと突っ走った。

そして、この日ばかりは、高田の姿を僕は終始バッチリと確認できたのだ。彼女は五回目の上映時にようやく教室に入り、相変わらずの熱狂の渦で上映される中、たまにクスリと笑って口を押さえたり、僕の力量不足による説明足らずなシーンに頭をかしげたりして、ひとつひとつにリアクションを寄せてくれていた。

君は、この映画を見てどんなふうに思うのだろう。単純に面白いものを見て笑っているだけなのか。それともその奥にある何かを、感じ取って観てくれているのか。撮影現場にきていればもっと楽しめたかもしれないのに、それだけがとても残念でならなかった。

僕は恥ずかしく思いつつも、君に観てほしくて作った映画だよ、と丸刈りなりの精いっぱいの気持ちを心の中で呟いた。

そして、そのときなぜか、僕は真剣に、将来映画監督に絶対なるぞと、改めて心に誓ったりしたのだった。

第十一章

まだ寒い三月の朝。足がツッて目が覚めた。

ここ数日やたらと寝ているときに足がツる。そして寒さに震えながら学生服に着替えると、「また身長が伸びたわねぇ」と母親に言われるのだ。

季節は本格的な冬から、ほんの少しだけ春の気配を感じられるようになっていた。登校の準備をし、自分の部屋で一瞬ぼんやり佇《たたず》むと、必ず一枚のポスターに釘付けになる。

あの日からずっと壁に貼ってある、堂島が作ってくれた「THE　SNYPER」のポスターだ。それからの混乱の日々の中で、僕はいつもこのポスターに勇気づけられてきた。

映画騒動が終わり、皆は一斉に本来の姿である受験生へと戻っていった。

面白いもので、文化祭の翌日から本当に何事もなかったかのように、極めて普通の日常が展開された。仲間たちも映画の話は一切しなくなり、休み時間は自習をするかお喋りしているかで、それもまた無意識に行われる日常の風景以外なにものでもなかった。

僕はあまりに盛り上がった祭りのあとということもあり、精神的に気持ちの切り替えが困難で、どうしてもその普通の日常、普段の生活に戻っていけない日々が続いた。

別に映画の話題を引っ張りたいとか、引き続き注目されたいとか、そういうことではない。とにかく映画中毒になっていた。その一言に尽きる。具体的に表現すれば、もう次の作品を作りたくてウズウズしていたのだ。この期に及んで何を考えているのか、と自分でも思ったし、そんなことできるわけない、非常識にもほどがある、と必死になって自分を責めた。しかし不安定な気持ちのせいで勉強に精を出す気にもなれず、そのままぼんやりした思いを抱きながら秋を迎え、年をも越した。


その頃、母親が受験に関する父兄会に出席し、「こんな時期に映画なんかを作った子がいて、影響上とても良くないのでは」とどこかの母親から言われたので、「うちの息子ですが何か?」と言い返してやったと息巻いて帰ってきた。

罪の意識はないが、母にイヤな思いをさせたことはなんだか申し訳なかった。そしてとりあえずやる気もないまま、ほとんど言われるがままにツチニチを単願で受けたが、見事にあっさり落ちてしまった。

「映画作ったあのパワーをもう少し勉強に向けてみりゃ、絶対行けると思ってたんだよ、俺は」

ムネオは職員室で精いっぱいの慰めをほどこしてくれたが、僕としては、その高校を紹介してくれた斉藤先生に申し訳ないという気持ちの方が強かった。

同じ頃、高田が東京のとある女子大付属高校に合格したというニュースを聞いた。帰りの会のときに、クラスで発表されたのだ。千葉の田舎から東京の大学付属高校に進学するということは、とはいえ結構大変なことくらい僕にもわかった。そりゃあ撮影なんかに付き合ってる暇なんかないだろう。あるワケがない。そんなふうに思ってしまった。そのことでビリーと何かを話すこともなかった。

結局、あのときから何かが欠落していた。それは、高田に対してのうやむやにしていた心の葛藤だったのだろうか。それを恋患いと単純に言われたらそれまでだが、僕の中ではもっと本質的な、素直な気持ちになるための葛藤であったような気がする。

そんな冬のある日、もうこのままどこにも進学しないで、映画だけ作り続けるってのはどうなんだろうかなぁ、などとぼんやり思いながら帰ろうとしたとき、廊下で斉藤先生に出くわした。

「おぉ、志田か」

「斉藤先生。どうも」

先生は笑顔で少しだけ僕を見て、ちょっと寄ってかないかと、美術室へ誘った。僕はなんとなく、先生についていった。

久しぶりの美術室は特に変わった様子もなく、相変わらず誰もいない寂しい教室でもあった。はじの方に、完成しているのかイマイチよくわからない印象画が、キャンバスに立てかけられていた。

「見てくれ、今度展覧会に出す絵だ」

「へぇ。これ先生の絵？　随分タッチ変わりましたね」

「そう思うか。まぁそうだな。ちょっと変わったかな」

「変わりましたよ。こんな情熱的な色、使ってなかったですよ」

「そうか。まぁそうかもな。でもこれが本当の自分かなと思ってな」

「はぁ」

そう言うと斉藤先生はキャンバスに向かって筆を入れ始めた。こうなると先生は話しかけても答えなくなる。それくらい没頭してしまうのだ。そういうところは変わってないのだろうなと僕はちょっと笑みを浮かべた。

「志田なぁ」

「え？」

びっくりした。筆を進めながら話しかけられたことははじめてだった。

「お前のあの映画なぁ」

「え？」

「あれ、何が言いたかったんだ」

「え……」

突然そんなことを聞かれて、僕は何も言えなかった。

「あの映画の言いたかったことは、なんだったんだ」

「それは……」

「ロープ」にも「ザ・スナイパー」にも、何が言いたかったのか、即答できない上に、それがなんなのかまったくわからないということが、正直なところだった。

そして、いきなりどうしてそんなことを斉藤先生は聞いてくるのだろうと、ただ緊張した。

「わからないか」

「……」

「教えてやろうか」

「……」

斉藤先生は筆を止めて、僕の方へと振り向いた。

「お前があの映画で言いたかったことってのはな、自分は映画人である、ってことだ」

「え……？　え……？」

「わかるか。お前は宣言したんだ。映画を作ったという、自らの存在を」

「宣言……？　存在……？」

「それを言いたかったんだよ、志田は。そしてそれを言い切ったんだよ。お前は」

そう言うと、斉藤先生はまたキャンバスに向かい始めた。何か僕に対して、対抗心を抱いているような、妙な気迫をも感じた。描かれた情熱の色に、圧倒された。

同時に、僕は先生の言葉の意味を追いかけていたが、なかなか真意には辿《たど》り着けず、ただ困惑した。だけど、何かぼんやりと広がるそのイメージというか、核なるものというか、それもまた言葉では言い表せないのだが、なんとなくそういうものを掴《つか》んだような気もしていた。

そして、ふいにンタマから言われたあの言葉も、急激に頭の中によみがえった。

「なんであんた陸上部にきたのよ、映画を作る人だったんじゃない」

その夜、僕は自分の部屋の机に向かって、頭の中にある映画のアイディアを片っ端からノートに書き始めた。

衝動的というか、本能的だった。身体と脳ミソが、なぜか自分をそうさせた。自分の意志で書き始めたという意識がなかった。なんだかそうしなきゃと掻き立てられたのか、僕は次に撮りたい映画のストーリーや設定を、ただひたすら書き進めていった。こういう映画も撮りたい、ああいう映画も作りたいと、アイディアは止まらなかった。これまでバーチンとああだこうだと練り上げてきたやり方ではないから、そのアイディアたちがどうやってまとまっていくのか、どうやってまとめていけばいいのか、それもわからないまま、ひたすらに、一心不乱に書き続けた。

やがて部屋のカーテンの外からチュンチュンと鳥の鳴き声が聞こえてきた。朝になるまで、僕は僕が次に撮りたい映画の骨格みたいなものを書き上げていた。

そして、何か自分の中に溜まっていたものを、とりあえず吐き出してやったような、そんな気持ちが生まれた。

自分を表現するために作った映画は、学歴なんかとは関係なく、相反するレールの上をただ通り過ぎて行くだけだと思っていた。でも今は、その気持ちを素直に表現すること自体をも、日常の中で証明したいと思い始めていた。

勉強する日常は、僕の日常ではないと叫ぶよりも、その気持ちを映画で作る行為でメッセージにしていくことが大切なのだということか。

進路と映画への夢、その二本のレールがあっちとこっちへ別れ道を辿り始めたとき、ふいにチャップリンのある映画のラスト・シーンを思い出した。

二つの国の国境で、どちらにも居場所がなくどうしたらいいのかわからなくなったチャップリンが、片足ずつそれぞれの国境に置きながら、そのままその境目を困った素振りで、ヒョコヒョコと歩いていくのだ。

どっちへ行けばいいのかわからないのに、それでもチャップリンは歩いていったんだよな。今はそうするしかないのかな。と、漠然と思った。

なぜなら、僕は宣言してしまったのだから。

自分のレールをはっきりと信じていても、世界がそのレールを受け入れないこともある。

僕の映画のレールは今始まったばかりなのだ。この先どこまでレールが続いていくのかもわからないのに、危うくもう脱線してしまいそうなところだった。勉強しながら絵を描いていたときのことを思い出した。高田明日香のことも、映画を一緒に作った仲間たちのことも、また思い出した。

チャップリンみたいにドタバタだけど、僕自身のレールは大丈夫か？　僕は堂島が描いたポスターを見上げ、自分自身に聞いた。はっきりしたレールがあるとすれば、もっとはっきりさせるために、自分自身のレールを、頑張って作っていかなきゃならないのだ。

ポスターがキャンバスに見えてきた。そして斉藤先生の顔が浮かんだ。先生のあの激しいタッチの絵も思い出した。僕に抗《あらが》ったわけじゃない。今でも新しいことに挑戦している先生がそこにいただけなのだと、今更ながら気づいた。

そして僕は映画を作ることで、自分自身を表現し続けていくために、何とか重い腰をあげようと決めた。大丈夫にしなきゃならないじゃないか。僕のレールの目的は誰よりも何よりもはっきりしているんだ。

僕はもう一度、「よーぃ、スタート！」と叫ばなくてはならないのだ。

それから、僕は今からでも受験できる高校を調べ、偏差値とか評定平均とか内申書とかを気にせず、自分自身で選んだ高校、ただひとつにターゲットを絞り込み、滑り込みセーフで受験した。

そこはこの春から開校するという新設校だった。だから合格すれば自分が第一期生になるわけだ。歴史も由緒もない、まったく白紙の高校だ。よって偏差値どころか校風すらない学校なので、きっと不良たちの吹き溜まりになると噂されていた。

なんでわざわざそんなところを受けるのか、両親にもムネオにも不思議がられたが、僕なんかには一番こんな学校が性にあっていると思ったので、胸を張って堂々と受験した。

気持ち的に真っ白なところから再びスタートしたかったのだと思う。そしてもう一度、そこから僕自身の映画をもっと作り続けたい、自分のレールを自分で決めて、それを映画一色で塗りたくってみたい。そう感じたのだと思う。

そして何というか当然の如く、そんな不人気な高校にはサラっと合格した。僕と前後して、映画の仲間たちも次々に合格通知というパスポートを手に入れていき、見事なまでに全員が全員、バラバラの高校へと進学することになっていった。

多分、そうなるだろうなと思っていた。ボーイスカウトから一緒だったビリーとも、これでお別れになるわけだ。不思議だけど、そういうことだな、と思った。

そうして僕は卒業式である今日の朝、思い出の映画のポスターをまた部屋で見ている。

誇りを持って皆とお別れしよう。もちろんまた会える友達たちだが、きっと僕はすべてを真っ白にしていくんだ。映画のフィルムが残ってくれただけ、良かったということにしよう。さっきまでツっていた足の痛みも、もう消えていた。

卒業式では恒例の群読が展開されながら、寒い体育館の中、実に淡々と儀式が進んでいった。式典自体は無機質なものだ。一体何から卒業するのやらと、勉強をろくにしていなかった僕にとっては、三年間の中学生生活、その区切りという意味でしかなく、当然次の高校での三年という区切りについても、本当はその意味が謎で仕方がないのだ。

でもまだ実質的に丸刈り中学生のブンザイの僕にとっては、結局この流れに乗らなきゃならないってことぐらい、ちゃんと理解できるようにはなった。

つまりまだまだこれからいろいろ面倒くさいことは山ほどあるってことだ。だからさっさと自由に映画を撮れるブンザイになりたい。ずっとグダグダしていたのは、ただそれだけの愚痴だったのである。

教室に戻り、最早何の効力も持たない通知表を手渡され、これでまずはひと段落かと、なんだかせいせいした。

「シダくん、これでしばらくお別れだねぇ。ホントいろいろ楽しかったよ」

バーチンは茨城県の私立へと進学するようだった。

「たまには一緒に映画観に行こうよ。また昔みたいにね」

「うん、そうだな」

「うん、そうだな」

「高校が違っても映画また作りたいね」

「一緒に映画を撮れたことはきっとずっと忘れることができないよ」

「うん、そうだよな」

これが映画のエンディングってやつだ。

でも全然感動的じゃない。いいさ。笑って終わろう。僕らの映画には涙とか似合わないからなぁ。

クラスが散開し、皆思い思いに教室から出ていった。僕は極めて常識的に、感動をムリに演出することなく、皆とささやかな別れの挨拶の言葉を交わしながら、もう戻ることはないであろう教室をあとにしようとした。


そのときだった。

突然、高田明日香と目があった。

卒業式というだけでナゼか彼女が大人びて見えた。僕の周りの空気が一瞬にして止まった。

いや、世界の時間が、一瞬にして静止したのだ。

「志田くん」

「え」

確かに彼女は僕の名前を呼んだ。夢のようだった。僕の視線の中のフィルムは秒速18コマで、再び「よーい、スタート!」と叫び、いきなり撮影を開始した。

この瞬間を焼きつけるんだ。NGテイクにしてたまるものか。

「映画面白かった。これからも作ってね」

高田はそれだけ言って踵を返し、教室の出口へとゆっくりと去っていった。

僕のファインダーはそのときスローモーションとなり、やがて彼女が教室から出ていくと、おぼろげに、「ジ・エンド」というテロップが重なってくるように見えた。

まるで、まるで映画だ。

そうか……そういうことか。

うやむやにしていた高田への気持ちは、映画への自分の気持ちと同じだったことを、その瞬間僕は確信した。

「おーい！　我ながらなかなかのエンディングじゃないか！」

僕は思わず口に出して思い切り叫んでしまった。

周りから、「なんだなんだ」と仲間たちが集まってきた。

バーチンも、ビリーも、ミツルも、ジョーも、良太郎も、銀太も、ヤマケンも、エージも、キクカワも、堂島も、皆いた。

これでいいんだと思った。僕の頭の中でレット・イット・ビーが高らかに鳴り始めて、次にエンドロールがゆっくりと仲間たちとの風景に重なって流れ始めた。

見てくれ、最高のエンディングだ。

そういう意味では、きっとあの映画作りの日々は夢の日々だったのかもしれない。

現実とすれすれのところで丸刈りたちが思い描き、なんとか実現できた唯一の夢の結晶が僕らの映画だったとすれば、僕自身の一本の映画が、ようやくここでひとまずの完結を見たというわけだ。

そして劇場が明るくなって、スクリーンに幕が降りていったような、そんな気がした。

僕の気持ちは、とても、物凄くスッキリしていた。

これでいいんだ。たかが映画なんだから。

エピローグ

あれから、四十年が経った。

一言に四十年と言うが、なんという長い時間だ。

ジョーは高校に入ってから音楽に目覚めバンドを結成するためにエレキギターを買ったと聞いた。それからは消息不明、というか情報は途絶えた。もともと破天荒なやつだったので、きっと今でも刺激的な生活を送っていると思う。

ミツルはその運動神経を生かして高校でも陸上で活躍したらしい。きっと天性のスター気質の人気を維持していたことだろう。その後、彼の結婚式の二次会に駆けつけ、久しぶりの再会を果たしたときはかなり太っていたけれど。

シキちゃんは吹奏楽人生を全うして大学卒業後はレコード会社へと就職したが、今やフリーランスとなってコンテンツ・プロデューサーとして活躍している。たまに会うが、昔と変わらず妙な色気がありキラキラ度はさらに増しているので、相変らずモテてるってことだろうか。

一番付き合いが長いビリーは、ジョーと同時期にやはり音楽に開花しベースを始めたのだが、こちらはメジャーCDをリリースする程の成果を生んだ。音楽好きだったとは言え、思えばこいつが一番クールでユニークな表現者だったのかもしれない。現在はプロの税理士というから、尚のこと意外でクールだ。

良太郎は大学卒業後ジャンボジェット機のパイロットになったと聞いた。小さな8ミリカメラから、えらくドデカイものを操るやつになったものだ。

堂島は進学校から一流大学へと進み、やはり一流企業でバリバリやってるとか。彼の頭の回転の器用さをもってすればそんな人生も容易に想像できる。でもそれもなり不確かな情報だ。

キクカワとエージは大手企業の会社員、生徒会長のアキラは広告代理店で手腕を奮っているとか。銀太やヤマケンなどはその後どうしているのか。さらにはムネオ先生やンタマ先生、そして斉藤先生が教師の業いを今でも続けていらっしゃるのかどうかすら、その後の話はまったく詳しくない。人生の交差は、本当は実際それぐらい不透明なものなのかもしれない。

今でも記憶の中に刻まれている初恋の人、高田明日香のその後も知り得ない。今思えば中学生にしてなかなかのアンニュイな女の子だった。周りから一歩引いた視線。我が道を行くしっかりとした眼差し。でも実際、本当の彼女のことはわかっていない。わからないままだ。でも、それでいいと思っている。初恋の人という存在は、得てしてそういうものなのだから。

そしてバーチンとも、実のところ卒業式以来まったく会っていない。驚くことに風の噂すら聞えてこない。今でも世間でヒッチコックの映画がもてはやされると、まず彼のことを思い出す。きっと生涯の中で、後にも先にも一番の映画親友であるバーチン。きっとどこかで今でも新旧の映画を観続けているのだろう。そう思いたい。

さて、僕はというと、その後も結局ずっと映画と戯れ続けている。監督ではなくて、ずっと裏方でドタバタしているだけだが。

それでも、天皇が崩御して元号が変わっても、ノストラダムスの大予言が外れても、テロや、大地震や、海の向こうでたくさんの戦争が勃発したって、とにかく映画と関わり続け、そこから離れられない人生を続けてきてしまった。結局運命的な何かを、あのときの8ミリ映画で手に入れてしまったということだろう。

僕にとっての映画である8ミリは、やがて16ミリになり、35ミリ、そしてデジタルにまで発展したが、例えそうはなっても、気持ち的には不思議とあの丸刈り中学生のときのものつくりへの思いとちっとも変わってはいないのだ。

そして今でも相変わらず、「レット・イット・ビー」を使いたいのに権利上使用できないもどかしさと戦っている。

あとがき

いきなりで恐縮だが、男子中学生の丸刈り校則が全廃になったのはなんと二〇一八年とのこと。ついこの間のことで驚きを隠せない。

さらに男子高校生の丸刈り全廃はその二年後の二〇二〇年。女子高校生の短い髪型の強制が全廃になったのはそこからさらに先で二〇二一年、女子中学生においては二〇二三年まで同様の校則があったというので、重ねてただただ驚愕する。

八〇年代ですら時代錯誤だと強く感じていた自分や仲間たちは、当時様々な理由や文句を学校にぶつけて、実のところ完全なる丸刈りは拒否していた。それでも五分刈り、スポーツ刈りは免れず、はじめて規則やルールというものに直面したのだ。

頭髪についてだけではない。中学校の三年間は何かとがんじがらめで、それでもいかに日日を楽しく送ってやろうかと、とにかくがむしゃらに遊びまくっていた。その一つが映画作りであり、言い換えれば、それはあらゆる規則への反抗行動だった。

この物語は、そんながむしゃらに遊んだ反抗の記録の第一章であり、これからも恐らく、僕はそうした物語を記し続けていくのだと思う。

さて、本作は初出から約二十年を経て、遂に立派な書籍となった。なんという幸せな作品だろうか。この機会に、この場を借りて関係各位にお礼を述べさせていただきたい。

ネット小説としての初出時デザイン他を手がけていただいた吉岡敬倫さん。本書へと繋がるラジオ番組スタートのきっかけをくれたジョージ・カックルさん。執筆の機会を再びいただいたユニコ舎、平川智恵子社長と、前社長の工藤尚廣さん（今回はほとんど志田がこだわった装丁案で作らせていただき、大変恐縮でした）。前作に引き続き装丁デザインを担当していただいた竹歳明弘さん。素敵な丸刈りたちのイラストを手がけていただいた深川直美さん。

そしてもちろん、当時の仲間たち、家族たち、この書籍を手にしていただいた皆様。心から感謝いたします。ありがとうございました。

二〇二五年春　志田一穂

志田一穂 johnny SHIDA

90年代より映像・音楽コンテンツ製作会社にて多くの作品を手がけたのち、2020年より湘南ビーチFM の映画音楽番組「seaside theatre（シーサイド・シアター）」の選曲・構成・DJを担当（DJ名義はジョニー志田）。2022年には初の著書「映画音楽はかく語りき いつか見た映画、時をかける音楽」（ユニコ舎）を発表。各所にて“映画でコミュニケーションを”をモットーに、「されど、映画じゃないか」「名作映画探検隊！」「映画のハナシ、しませんか？」「超映画総合研究所」「このサントラ、ちょっとレア」など、これまでにない個性的な映画についてのイベントや映画上映とのトークコラボ、コラムの執筆など、さまざまな活動を展開中。アナログレコードDJとしても活躍し、トークを交えたサントラコンサートも企画・開催している。

映画少年マルガリータ

2025年4月24日　初版第1刷発行

著　者　志田一穂

発行者　平川智恵子

企　画　特定非営利活動法人夢ラボ・図書館ネットワーク

発行所　株式会社ユニコ舎
〒156-0055
東京都世田谷区船橋2-19-10 ボー・プラージュ2-101
TEL.03-6670-7340　FAX.03-4296-6819
E-MAIL.info@unico.press
https://unico.press/

装　丁　竹歳明弘（株式会社STUDIO BEAT）

装　画　深川直美

ISBN978-4-911042-07-6